Meike K.-Fehrmann

Madame Lolitas

lustvoll lyrisch lausiges Lesebuch

Madame Lolitas

lustvoll lyrisch lausiges Lesebuch

Meike K.-Fehrmann

Für jene, die im Traum fliegen

Impressum

© 2018 Meike K.-Fehrmann
Herstellung und Verlag, Covergestaltung, Korrektorat:
BoD – Books on Demand GmbH, Norderstedt
ISBN 9783752868678
Printed in Germany
Bibliografische Information der Deutschen Nationalbibliothek:
Die Deutsche Nationalbibliothek verzeichnet diese Publikation in der Deut-
schen Nationalbibliografie; detaillierte bibliografische Daten sind im Internet
über http://dnb.dnb.de abrufbar.

Zwischen den Buchdeckeln:

Fantastisches und wo es zu finden ist

Was tun die magischen Wesen, wenn sich die Buchdeckel schließen?

Niemand hätte je geahnt, dass es eine Schule für Zauberei im Brexit-Land gibt, die Hogwarts heißt, hätte Joanne K. Rowling dieses Geheimnis nicht gelüftet und an die große Glocke gehängt. Ob sich die Zaubererwelt darüber gefreut hat? Ist Rowling seitdem eine Persona non grata, eine Verräterin? Warum konnte der Obliviate-Zauber nicht ihr Gedächtnis löschen?

Wir wissen dank Tolkien auch, warum wir den hübschen Elben mit Pfeil und Bogen nicht mehr begegnen können, denn nach der letzten Schlacht um Mittelerde haben sie sich auf den Weg gemacht, fort von hier.

Mit einem Strich auf dem Blatt Papier beginnt es, mit einem Buchstaben achtlos in die Laptop-Tastatur gehämmert: die Geburt oder Offenlegung ganzer fantastischer Welten. Und das scheint mir doch ein wichtiger Unterschied zu sein. Ist es eine Geburt oder eine Offenlegung von etwas, das schon immer existiert hat?

Über Michael Ende sagt man, er hätte gerne unter den ausladenden Zweigen eines Baumes geschrieben, weil ein Baumgeist ihm seine Geschichten eingeflüstert habe. Von Jim Knopf und Lukas, dem Lokomotivführer, bis zur Unendlichen Geschichte, die ganze Generationen in ihren Bann gezogen hat.

Lassen wir die ganzen Monster mal außen vor. Dementoren, Massenmörder, Vampire, Zombies und was so alles zum Leben erweckt wurde und uns manchmal Alpträume verursacht oder Ängste, wenn wir in den Keller oder auf den Dachboden gehen. Manch eine Leserin und manch ein Leser fühlt sich mit den fantastischen Personen und Wesen so sehr verbunden, dass sie Teil des Lebens werden, so als schlüpften sie aus den Buchdeckeln hinaus und machten den Alltag abenteuerlich und bunt. Sehr selten reden wir mit anderen Menschen über unsere liebgewonnen Freunde, wenn wir beim Autofahren oder abends im Bett gedanklich in andere Welten eintauchen, um uns ab und zu einen Rat unserer fantastischen Freunde einzuholen, und in Tagträumen auf die Reise gehen zu Schlachtfeldern, Heldentaten oder fernen Galaxien.

Aber sehen wir doch den Tatsachen ins Auge: Die Buchdeckel mögen noch so stabil sein, sie können die fantastischen Welten nicht einsperren. Was einmal offengelegt wurde (und im schlimmsten Fall sogar verfilmt wurde), dessen Existenz kann man nicht mehr glaubhaft leugnen.

Wie wollen wir als Autorinnen und Autoren also damit umgehen? Welche Welten wollen wir offenlegen, wem zur Geburt verhelfen? Hat jede Welt eine Daseinsberechtigung an sich, so wie jedes Tier und jede Pflanze eine Daseinsberechtigung hat, einfach, weil sie existieren? Gibt es eine besondere Verantwortung, einen ethischen Kodex vielleicht, dem wir uns verpflichten sollten? Worin würde der bestehen?

Wir können Tore öffnen zu Welten, die nie ein Mensch zuvor sah. Wir haben diese Verbindung zu den fantastischen Welten, wie sie sonst nur Kinder haben. Und nun stehe ich hier vor diesem einen Tor, das ich gerade entdeckt habe, und luge durch den winzigen Spalt und frage mich: Soll ich es aufstoßen und eintreten? Für dich? Für mich? Oder soll ich den Hauch, der mir sanft entgegenweht, ignorieren?

In diesem Lesebuch finden sich die unterschiedlichsten Geschichten und auch einige Gedichte. Die erzählten Ereignisse sind bloße Fantasien mit einer Prise Sternenstaub zusammengerührt und auf das Blatt geworfen. Lebendig werden sie in dem Moment, in dem sie das erste Mal gelesen werden, wenn du das Tor gänzlich aufstößt. Wie die Geschichten weitergehen, das liegt in deiner Hand, liebe Leserin und lieber Leser. Deine Fantasie ist ein mächtiges Werkzeug. Gebrauch sie und sag mir: Kannst du im Traum fliegen?

Madame Lolita
in der Glut des Sommers 2018

Durch den Torspalt gelugt

Jene, die im Traum fliegen

Blauschwarz leuchtend, an den auslaufenden Enden bis ins Türkis gehend, gesprenkelt, glitzernd wie ein Ozean neben gähnender Dunkelheit, wenn der Sturm naht, doch der Mond noch sein verspieltes Licht auf die Wellen wirft. Eisvogelgefieder, sternenklare Nacht und Finsternis nebeneinander und doch durch ein samtenes Band geeint. Ein Firmament, tief wie die See, das Weltall, sich ausbreitende Unendlichkeit. All diese Gedanken schossen mir durch den Kopf, als ich mit meinen Fingern staunend über den Stoff des Mantels strich. Die angedeuteten Muster mit zartem Silberfaden neben den unterschiedlichsten Blautönen fein auf Damast gestickt waren ein Kunstwerk aus den Händen einer Modedesignerin, die sich beim Schneidern in ihrem eigenen Kosmos verloren haben musste und gerade noch rechtzeitig zur Frühjahrskollektion wieder aufgetaucht war. Der Schnitt und die Machart des Mantels waren von solcher Eleganz, Präzision und Vollkommenheit, dass mir der Mund offenstand, und ich eine ganze Weile brauchte, bis ich meinen Blick von dem Kleidungsstück abwenden konnte.

„Was soll der kosten?", wollte ich von Madame Lolita wissen, als ich mich wieder gefasst hatte. Sie musterte mich von oben bis unten.

„5.000 Euro für dich, Schätzchen", sagte sie.

Als hätte ich einen elektrischen Schlag bekommen, ließ ich den Stoff los.

Madame Lolita lachte: „Hast du nicht so viel Geld?"

Ich schüttelte den Kopf und wunderte mich darüber, dass sie mich einfach duzte. Wir waren uns nie zuvor begegnet.

„Hast du schon. Aber du möchtest nicht so viel ausgeben, habe ich recht? Ein Mantel ist dir nicht so viel wert."

Ich zuckte mit den Achseln. Bisher hatte ich mir noch gar keine Gedanken darüber gemacht, wie viel ich für den Mantel ausgeben wollte. Eigentlich war ich gar nicht mit der Absicht, etwas zu kaufen, in „Madame Lolitas Boutique" gekommen, sondern war vor dem plötzlichen Wolkenbruch in die nächstbeste Ladentür geflüchtet. Es donnerte plötzlich so heftig, dass ich zusammenzuckte. Ich sah mich in der Boutique um und entdeckte, dass die Wände über den Kleiderstangen über und über voll waren mit Bücherregalen. Die Buchrücken sahen zum Teil schon sehr alt aus. Es hätte genauso gut eine Buchhandlung oder ein Antiquariat sein können, aber die Regale hingen so hoch, dass man die Bücher nicht ohne Hocker hätte erreichen können.

„Bücher gibt es hier nicht zu kaufen", sagte Madame Lolita, so, als hätte sie meine Gedanken gelesen. „Sag mal, kannst du fliegen?"

„Wie bitte?"

„Ob du fliegen kannst."

„Wollen Sie, dass ich gehe?", fragte ich verunsichert.

Sie seufzte. „Anfang 40 mit gestutzten Flügeln", stellte sie fest und sah mich über ihre eckigen Brillengläser abschätzig an.

„Lovis oder Ronja? Pippi oder Annika?"

„Was?"

„Nie Astrid Lindgren gelesen?"

„Doch schon."

„Kinder?"

„Ja, zwei. Warum wollen Sie das alles wissen?"

„Du wolltest von mir ja auch wissen, wie viel mein Mantel kostet. Also darf ich wohl ebenfalls Fragen stellen. Setz dich."

„Ich werde doch wohl nach einem Preis fragen dürfen, ohne mich gleich einem Verhör unterziehen zu müssen. Das ist hier schließlich eine Boutique."

„Was du nicht sagst." Sie kam hinter dem Verkaufstresen hervor, ließ sich auf das Sofa fallen und schlug mit der Hand neben sich auf das Polster. „Mein rechter, rechter Platz ist frei, ich wünsche mir die Andrea herbei. Bei dem Regen willst du doch nicht draußen rumlaufen."

„Woher kennen Sie meinen Namen?", fragte ich verwundert.

Sie lachte wieder: „Das war nur geraten. In deinem Alter gibt es viele Frauen, die Andrea heißen."

„In meinem Alter?" Ich ließ mich müde auf das Sofa sinken und hatte nun einen direkten Blick auf die beiden Anprobekabinen mit den hellgelben Vorhängen. Meinen Namen Andrea hatte ich nie besonders gemocht. Immer gab es noch andere Frauen, die genauso hießen.

„Das ist mein Männersofa", kommentierte Madame Lolita. „Hier sitzen sie und warten darauf, dass ihre Frauen aus der Ankleidekabine kommen, wie die Hähne auf der Stange. Sie schreiben Nachrichten auf ihren Mobiltelefonen, während ihre Frau mit dem Reißverschluss kämpft, und tun interessiert, sobald sie rauskommt, wobei sie insgeheim um das Limit ihrer Kreditkarte bangen oder auf einen Anruf ihres Geschäftspartners warten. Wenn ein Mann noch verliebt ist oder ein schlechtes Gewissen hat, ermutigt er seine Frau dazu, das Kleid zu nehmen, das ihr wirklich am besten gefällt, egal, wie viel es kostet."

Ich musste grinse. So war es früher bei mir und meinem Ehemann Thomas auch immer gewesen. Zumindest in der Anfangszeit, als wir noch verliebt waren, hatte er geduldig vor der Kabine gewartet. Aber nun hatte er mich schon viele Jahre nicht mehr zum Einkaufen begleitet.

Sie hielt kurz inne und fuhr dann fort: „In diesen Kabinen wurden schon Kinder gezeugt. Kannst du dir das vorstellen? Der Höhepunkt des Glücks veredelt, ausgelöst durch einen meiner Schätze und natürlich durch Großzügigkeit und Liebe."

„Ach was." Ich sah sie ungläubig an. Nein, wie in der Kabine Kinder gezeugt wurden, konnte und wollte ich mir im Moment nicht vorstellen. Es kam mir so vor, als würde sich der Stoff des einen Vorhangs leicht, wie von einem Windhauch erfasst, bewegen.

„Ist sein Gewissen rein, fängt er mit ihr an zu diskutieren, ob das Kleidungsstück wirklich nötig ist. Das trifft auch auf dumme Männer zu, von denen es heutzutage ja leider sehr viele gibt. Dann kommt es zum Streit. Hier wurden schon langjährige Beziehungen beendet. Einmal war ein altes Ehepaar kurz vor der goldenen Hochzeit hier, um für die Dame ein Kleid zu kaufen. Nach fast 50 Ehejahren hatte der Mann mich jedes Mal, wenn seine Frau ihm ein Kleid vorführte, gefragt, ob es nicht auch etwas Billigeres gebe. Anfangs hatte die Dame immer verständnisvoll genickt, eine feine und manierliche Frau, doch irgendwann war ihr der Kragen geplatzt. Sie hat die Schaufensterpuppe dort genommen und ihrem Mann über den Kopf geschlagen. Ich musste einen Krankenwagen rufen, weil er am Kopf blutete und ich fürchtete, dass er einen Herzinfarkt bekommen würde."

Die Schaufensterpuppe, auf die Madame Lolita gezeigt hatte, stand mit unschuldiger Miene in der Nähe der Eingangstür und starrte ins Leere.

„Ich musste das Sofa hier verschieben, weil ich die Blutflecken nicht vollständig aus dem Teppich entfernen konnte. Du kannst gerne mal unter das Sofa schauen, wenn du mir nicht glaubst."

Ich wollte das Sofa nicht verrücken. Dass es beim Einkaufen häufig zu Streitereien zwischen Paaren kam, fand ich nicht ungewöhnlich. Doch der Gedanke, dass unter dem Sofa Blutflecken waren, behagte mir nicht.

„Und deine Kinder sind nun also in der Pubertät und wollen von dir nichts mehr wissen", stellte sie unverhohlen fest.

Ich versuchte, meine Verlegenheit mit einem Lachen zu überspielen, und sagte: „Ja, sie sind jetzt 13 und 15 Jahre alt. Ab und zu wollen sie schon noch was von mir wissen. Meistens, wenn sie Geld brauchen."

„Mhhh", machte Madame Lolita, „und wie ist das nun mit dem Fliegen? Wann bist du das letzte Mal im Traum geflogen?"

„Ach so, im Traum?", fragte ich überrascht. „Tja, ich weiß nicht."

„Aber du kannst es doch noch, oder? Wie machst du das? Wie Brustschwimmen in der Luft? Oder ruderst du nur mit den Armen? Gleitflug?"

Ich dachte kurz nach. Noch nie hatte ich mit einem Menschen darüber gesprochen. „Ich strampele nur mit den Beinen, glaube ich", sagte ich etwas verlegen.

„Eine Rennfliegerin also. Bist du häufig auf der Flucht? Läufst du vor etwas davon?"

„Rennfliegerin?", ich gluckste vor Lachen. „Ich weiß nicht. Ich glaube, ich bin schon immer nur mit den Beinen geflogen."

„Da hast du manchmal Schwierigkeiten, an Höhe zu gewinnen, stimmt's?"

Das stimmte tatsächlich. Wenn ich im Traum flog, kam ich oft nur langsam nach oben.

„Wann das letzte Mal?"

„Ich kann mich nicht erinnern."

„Dann denk nach. Ich gebe dir den Mantel für weniger Geld, wenn du mir von deinem Traum erzählst, in dem du das letzte Mal geflogen bist. Jetzt sag nicht, dass du dich an deine Träume gar nicht mehr erinnern kannst, wenn du aufwachst. Denn dann wäre alles zu spät!"

„Zu spät für was?"

„Erkläre ich dir später. Also?"

„Ich habe früher sehr intensiv geträumt und konnte mich morgens fast immer genau daran erinnern. In den letzten Jahren ist es seltener geworden. Wenn ich morgens aufwache, ist es so, als wäre die Nacht leer gewesen." Als ich das aussprach, machte es mich ein bisschen traurig, und die Worte, die in der Luft hingen, klangen irgendwie deprimierend.

Madame Lolita sah mich bedauernd an. „Wie wäre es, wenn du mal in den Mantel schlüpfst?" Sie deutete mit dem Kopf in Richtung der Kleiderstange, an der der Mantel hing.

Ich sah, wie der Regen gegen die Schaufenster peitschte. Ein richtiger Gewittersturm war aufgekommen. Jetzt, da ich hier in der Boutique festsaß, konnte ich auch den Mantel anprobieren. Ich würde ihn deswegen ja nicht gleich kaufen müssen. Bevor ich ihn vom Kleiderbügel nahm, streifte ich meine Jacke ab und legte sie auf einen Stuhl. Madame Lolita war hinter mich getreten und half mir in den Mantel. Der Stoff fühlte sich weich und anschmiegsam an. Ich strich mit den Händen vorsichtig über das Muster und staunte über die Brillanz der Farben.

„Du weißt doch, dass jede Seele eine Farbe hat, oder?", sagte sie. „Ein Farbspektrum vielmehr. Mir scheint, dieses hier ist deines."

Der Mantel saß wie angegossen. Ich sah mich um, konnte aber keinen Spiegel entdecken.

„Der Spiegel ist hinter dem Vorhang in der Kabine", sagte sie, als hätte sie meine Gedanken erraten. „Doch vorher sag mir, was hast du erlebt, als du das letzte Mal im Traum geflogen bist?" Madame Lolita schloss an dem Mantel mit geschickten und geübten Fingern einen Knopf nach dem anderen und mit jedem Knopf, den sie schloss, war es mir, als würden meine Erinnerungen zurückkommen.

„Ich glaube, ich weiß es wieder", fing ich an. „Es war in einer Stadt. Ich bin über Dächer bis zu einer Dachterrasse mit großen Glastüren geflogen. Hinter den Scheiben lag ein Mann im Bett. Ich kannte ihn. Also im Traum kannte ich ihn, aber nicht in echt.

Ich habe an die Scheibe geklopft. Er hat aber nicht aufgemacht. Er schlief zu fest."

„Warum wolltest du, dass er dir aufmacht? Wolltest du zu ihm ins Bett? Wie sah er denn aus?", fragte sie neugierig.

„Er war dunkelhaarig, ziemlich hager. In meinem Alter."

„Es war also nicht dein Haus und auch kein Haus, das du je im Wachen gesehen hast?"

Ich schüttelte den Kopf: „Irgendjemand war hinter mir her. Ich wollte Hilfe von ihm und bin dann von der Terrasse weggeflogen in die Krone eines hohen Baumes."

„Wer war hinter dir her?"

„Ein Mann mit einer Stange in der Hand. Er war blond, ziemlich gut gebaut und furchteinflößend. Fliegen konnte er aber nicht. Er ist mir auf der Straße gefolgt."

„Soso", sie wackelte mit dem Kopf hin und her, sodass ihre grauen Locken neben ihren Ohren auf und ab wippten. „Und war er dir bekannt?"

Ich schüttelte den Kopf.

„Und der Baum? Erzähl mir von dem Baum. War es ein Nadelbaum? Oder sah er ganz anders aus als gewöhnliche Bäume?"

„Ich glaube, es war eine Eiche mit dichtem Blätterdach. Sie war unglaublich hoch und alt und bot mir ein gutes Versteck vor dem Mann. In dem Baum hatte ein Junge versucht, ein Baumhaus zu bauen. Aber als ich in der Krone saß, fing der Baum plötzlich an, sich zu schütteln. Die Bretter von dem Baumhaus flogen im hohen Bogen weg und ich verlor das Gleichgewicht. Ich bin dann runtergefallen und davon aufgewacht. Als ich die Augen aufgemacht habe, hatte ich so ein Gefühl im Bauch, als wenn man läuft und plötzlich in ein dunkles Loch reinstolpert. Wissen Sie, was ich meine? Oder wenn man im Auto fährt und ganz schnell über einen kleinen Hügel prescht, und es dann ganz plötzlich runtergeht. Dann ist das so ein merkwürdiges Gefühl im Magen. Ich habe zuerst gar nicht gewusst, wo ich bin."

Sie nickte verständnisvoll: „Es war Nacht in deinem Traum, nehme ich an."

„Ja, ich glaube, dass ich meistens in der Nacht fliege. Also, wenn in meinem Traum Nacht ist."

„Irgendwann wirst du bestimmt auch bei Tag fliegen. Dann wird sich ein Tor öffnen, du wirst schon sehen."

„Was denn für ein Tor?"

„Unsere Träume sind ein Kaleidoskop unserer Seele. Ändern sich unsere Traumbilder, so ändert sich auch etwas in unserer Seele."

Ich verstand nicht, wovon sie sprach. Das Thema war zwar interessant, aber ich fing an, mich unwohl zu fühlen. Sie war doch nur eine Verkäuferin in einer Boutique.

„Wieso interessieren Sie sich überhaupt so sehr dafür?", wollte ich wissen.

„Weißt du, als Kind habe ich gemeint, alle Menschen würden im Traum fliegen", erklärte Madame Lolita. „Ich habe gemeint, dass jeder Mensch eine Farbe und eine ganz besondere Tiefe hat. Manche tanzen eher durch die Luft, andere gleiten umgeben von Farben, die diese Person unverwechselbar machen. Bei dir sind es die Nachtfarben. Jedes Kind kann im Traum fliegen, so werden wir alle geboren. Davon bin ich fest überzeugt. Nur im Laufe der Zeit verlernen es viele." Madame Lolita hielt kurz inne und zog die Stirn in Falten. „Ich habe mir vorgestellt, dass, wenn ein Mensch stirbt, seine Seele wie ein farbiges Band in den Himmel flattert. Die Seele schillert gen Himmel, wenn der Tod sie gewaltsam vom Körper trennt. Als meine Großmutter gestorben ist, war ich mir sicher, dass ich ein solches Band gesehen habe, und dass die Vögel am offenen Grab für einen Moment lauter in die Totenstille gezwitschert hätten, so als sängen sie ein Lied für eine gute Reise. Im Laufe der Jahre habe ich dann aber Zweifel bekommen."

„Wieso?" Der Gedanke, dass Menschen bunte Seelen haben, die in den Himmel aufsteigen, gefiel mir.

„Nun, ich war damals noch ein Kind. Als ich älter wurde, fand ich heraus, dass viele Erwachsene im Traum gar nicht fliegen können."

„Vielleicht können sie sich morgens nur nicht daran erinnern", gab ich zu bedenken. „Mein Mann zum Beispiel behauptet von sich, dass er sich noch nie an einen Traum erinnern konnte."

„Ein Mann, der nicht träumt, ist wahrscheinlich eine absolute Niete im Bett."

„Das geht jetzt ein bisschen weit", entgegnete ich gereizt.

„Dann habe ich also recht. Pass nur auf, dass dir die Flügel nicht vollends ausgerissen werden", sagte sie höhnisch. „Menschen, die im Traum nicht fliegen, deren Seelen verlieren ihre Farben. Sie sind anders als wir. Sie wissen nichts von Unsterblichkeit und kennen das Gefühl nicht, vollkommen einzigartig zu sein, so wie wir."

„So wie wir?", fragte ich spöttisch. „Gibt es einen Geheimbund der Traumflieger? Jeder Mensch ist doch einzigartig."

„Ja, natürlich, das hast du schön nachgeplappert. Hast du nicht manchmal so einen Moment, in dem du dir deiner Selbst vollkommen bewusst bist? In der die Welt stillzustehen scheint? Nur für einen ganz kurzen Moment."

„Habe ich früher tatsächlich gehabt. Aber, und es fällt mir nicht leicht, das zuzugeben, diese Momente werden seltener. Vor ein paar Monaten bin ich morgens aufgewacht und plötzlich ist mir ganz klar geworden, dass ich eines Tages sterben werde. Klingt das nicht verrückt? Ich meine, jeder Mensch muss doch sterben. Aber irgendwie habe ich nie gespürt, dass das auch für mich gilt. Ich habe es gewusst, weil es ja klar ist. Aber da habe ich es zum ersten Mal auch gefühlt." Meine Offenheit überraschte mich. Wieso vertraute ich dieser älteren Frau solch intime Dinge an?

„Sollte ich einmal sterben und meine Seele nicht wie bunte Bänder in den Himmel aufsteigen, hätte ich gerne, dass jemand nach meiner Seele sucht", sagte Madame Lolita verschwörerisch und ihr Gesichtsausdruck war vollkommen ernst.

„Und wo sollte man wohl nach einer Seele suchen?", fragte ich ironisch lachend. „Im Universum? Im Himmel oder in der Hölle?"

„Dort, wo alle Farben ihren Ursprung nehmen. Ich würde versuchen, aus dem Grab zurückzukehren und einen Menschen zu finden, der sich auf die Suche macht."

Ich verstand nicht, was sie meinte.

Sie sah mich eine Weile schweigend an. „Ich gehe uns eine Kanne Tee kochen, Kindchen." Mit diesen Worten verschwand Madame Lolita hinter dem Verkaufstresen.

Plötzlich hörte ich von der Straße Sirenen. Mehrere Einsatzfahrzeuge mussten in der direkten Nähe durch die Stadt brausen.

„Was ist denn da draußen los?", rief Madame Lolita von hinten.

„Ich weiß es nicht", antwortete ich. „Ich schaue mal nach." Ich ging zur Ladentür und öffnete sie. Als ich auf den Bürgersteig trat, stellte ich verwundert fest, dass es aufgehört hatte zu regnen. Die Wolkendecke war aufgerissen, die Frühlingssonne strahlte vom Himmel und ließ den nassen Asphalt leicht dampfen. Die Sirenen waren deutlich in der Ferne zu hören. Vielleicht hatte sich weiter oben an der Kreuzung ein Autounfall ereignet. Ich konnte es aus dieser Entfernung nicht sehen und ging noch ein paar Schritte, um hinter die Hausecke zu schauen. Die Sirenen verstummten so plötzlich, wie sie gekommen waren. Achselzuckend drehte ich mich um, um zurück in den Laden zu gehen. Komisch, ich konnte mich nicht erinnern, dass ich die Tür geschlossen hatte. Als ich nach der Klinke griff, konnte ich die Tür nicht öffnen. Sie war zugesperrt und an der Scheibe baumelte ein Schild mit der Aufschrift „Geschlossen". Hing dieses Schild vorhin auch schon an der Tür? Hatte ich es bloß übersehen, als ich in den Laden gekommen war? Ich klopfte an die Scheibe und rief nach ihr: „Madame Lolita? Die Tür klemmt! Machen Sie bitte auf!" Oder hatte sie mich ausgesperrt? Das machte doch überhaupt keinen Sinn.

Da kam ein Mann aus dem Hauseingang nebenan und sagte: „Wenn Sie Madame Lolita suchen, dann kommen Sie zu spät."

„Wieso denn zu spät?"

„Die Ärmste ist letzte Woche verstorben. Hat man Ihnen das nicht gesagt?"

„Ich war doch gerade eben noch im Geschäft und habe mit ihr gesprochen", erwiderte ich aufgebracht.

„Hier, in diesem Geschäft?"

„Natürlich. Ich habe diesen Mantel hier anprobiert und bin nur kurz nach draußen gegangen, weil die Sirenen so laut waren."

„Was denn für Sirenen?"

„Feuerwehr, Polizei."

„Ich habe nichts gehört. Das Geschäft ist seit letzter Woche geschlossen." Er rüttelte an der Tür und zeigte auf das Schild. „Wieso erzählen Sie solche Sachen? Schon seit Tagen ist hier niemand mehr drin gewesen. Sind Sie verrückt?"

„Schauen Sie sich doch diesen Mantel an. Der ist aus dem Geschäft."

„Der Mantel? Wohl kaum. Madame Lolita hat solche Mode nie gemacht."

Ich blickte an mir herunter und stellte entsetzt fest, dass ich einen schlichten abgetragenen dunkelblauen Mantel trug.

„Obwohl, wenn ich mir den Mantel genauer ansehe, hat Madame Lolita einen ähnlichen getragen. Ihren Kunden hätte sie so etwas aber niemals verkauft. Madame Lolita war eine brillante Schneiderin. Sie hatte Stil, und das kann man von Ihnen wohl nicht behaupten."

„Erlauben Sie mal! Meine Handtasche ist noch im Geschäft", fiel mir ein. „Das ist der Beweis, dass ich eben noch da drin war und mit Madame Lolita gesprochen habe." Ich legte die Hände an die Scheibe, um besser reinschauen zu können.

„Ist das hier Ihre Tasche?" Der Mann hielt meine braune Ledertasche in der Hand.

„Ja, woher haben Sie die?"

„Die stand neben Ihnen auf dem Boden. Und jetzt gehen Sie, sonst rufe ich die Polizei. Solche Lügengeschichten hier zu erfinden, wo die gute Madame Lolita gerade erst unter der Erde ist, oder wollten Sie in das Geschäft einbrechen?"

Ich stand verdattert auf dem Bürgersteig. Dann nahm ich ein paar Schritte Anlauf und schwang mich strampelnd in die Luft. Ich flog hoch über die Dächer der Sonne entgegen und mein Mantel, der nun in den herrlichsten Blautönen und feinsten Garnen schimmerte, umspielte flatternd meinen Körper.

Jan und die Hüterin der Wälder

1.

„Dieser verdammte Spinner!", schimpfte Jan vor sich hin und trat wütend seine Wasserflasche von der untersten Steinstufe, die zur Terrasse führte. „Ich habe immer gesagt, dass ich nicht hierherziehen will! Aber was ich möchte, zählt ja nicht!" Die Plastikflasche rollte noch ein Stück durchs Gras und blieb dann liegen. Der Zwölfjährige ließ sich ins Gras fallen. „Ich hasse ihn!", rief er. Dann schrie er noch lauter in Richtung Haus: „Ich hasse euch alle! Hört ihr das? Euch alle!" Er bohrte seine Finger ins Gras und ballte dann seine Hände zu Fäusten, so, als versuche er, an der Wiese Halt zu finden, bis seine Knöchel weiß hervortraten, und er mit einem kurzen Ruck die Grashalme, die zwischen seinen Fingern gefangen waren, ausriss.

„Wieso spielst du nicht etwas, mein Großer?", rief seine Mutter aus dem offenen Fenster des ersten Stocks des alten Gutshauses.

„Ich – will – nichts – spielen!", schrie er und Tränen traten ihm in die Augen.

Einen Moment später erschien seine Mutter auf der Terrasse und eilte zu ihm. Sie setzte sich neben ihn ins Gras und legte ihren Arm um ihn, den er jedoch sofort abstreifte.

„Du wirst dich hier schon eingewöhnen", versuchte sie ihn zu trösten.

„Ich will zurück nach Hause."

„Hier ist jetzt unser Zuhause."

Jan zog die Beine an, schluchzte unterdrückt und verbarg sein Gesicht in den Armbeugen. Er wollte auf keinen Fall, dass seine Mutter ihn weinen sah.

„Warum konnten wir nicht in der Stadt bleiben?" Diese Frage hatte er seiner Mutter in den letzten Monaten viele Tausend Mal gestellt. Und immer war die Antwort gleich. Auf dem Land war die Luft besser, der Wohnraum billiger und sie hatten dieses Gutshaus für einen guten Preis gekauft. Sein Stiefvater hatte hier in der Provinz Arbeit gefunden und seine Mutter würde jeden Tag in die Stadt pendeln.

„Das weißt du doch. Ich werde langsam ungeduldig, wenn du dich nicht damit abfinden kannst. Du bist eben nicht der Einzige in dieser Familie, der Wünsche hat. In ein paar Jahren wirst du mir dankbar sein, dass du auf dem Land aufwachsen durftest und nicht in der Großstadt."

„Ich bin kein Kind mehr, Mama! Vielleicht hättet ihr euch das überlegen sollen, als ich noch im Kindergarten war!"

„Mir reicht das Gejammer jetzt. Immer wieder dieselbe Leier. Wie wäre es denn, wenn du versuchst, etwas Positives aus der Situation zu machen? Nebenan wohnt ein Junge, der ist genauso alt wie du. Nach den Ferien kommt ihr bestimmt in dieselbe

Klasse. Wieso gehst du nicht mal rüber und machst dich bekannt?"

„Das habe ich gerade versucht. Es ist ihm scheißegal, dass ich jetzt hier wohne. Und mir ist es auch scheißegal, dass der neben uns wohnt."

„Ich muss jetzt los." Sie klopfte ihm auf den Rücken und erhob sich.

„Wo fährst du hin?"

„Wir müssen noch ein paar Sachen im Baumarkt besorgen. Erik braucht noch Farbe für die Fassade vorne und einiges anderes. Wir nehmen Benni mit. Wieso kommst du nicht auch mit?"

„Kein Bock."

Natürlich nahmen sie Benni mit. Benni war ja auch ihr gemeinsames Kind, dachte Jan bitter. Benni, der blöde Schleimer. Erik war sein richtiger Vater, während Jans Vater für seine Mutter nicht mehr zu existieren schien. Dabei lebte er noch. Nur eben nicht bei ihnen. Er war im Knast, das durfte Jan aber niemandem erzählen. Er selbst hatte es nur durch einen Zufall rausgefunden, als er einmal seine Mutter und Erik belauscht hatte. Als Jan seine Mutter damit konfrontiert hatte, weil er gerne genau wissen wollte, wer sein Vater war, war sie richtig ausgeflippt. Das war nur wenige Wochen, bevor sie ihm gesagt hatte, dass sie aus der Stadt wegziehen würden. Bis dahin hatte sie immer behauptet, sein Vater hätte sie sitzengelassen, als Jan erst ein Jahr alt war, und sie wüsste nicht, wo er war. Angeblich wäre er mit einer Jüngeren nach Mallorca durchgebrannt, als er noch ein kleines Baby war. Sie wollte ihm noch nicht mal sagen, ob er immer noch im Gefängnis saß oder inzwischen entlassen worden war. Falls er noch immer im Gefängnis saß, müsste er ein ziemlich schlimmes Verbrechen begangen haben, schlussfolgerte Jan. Denn dann würde er schon seit über zehn Jahren hinter Gitter sein. Eine so hohe Strafe bekam man in Deutschland bestimmt nur für sehr schwere Vergehen wie Raubüberfall oder Schlimmeres. Jan hatte beim Umzug zufällig ein Foto von seinem Vater in einer Schachtel auf dem Speicher gefunden. Zumindest nahm er an, dass der Mann auf dem Foto, der neben seiner Mutter im Krankenhaus am Bett stand und ihn als Neugeborenes im Arm hielt, sein Vater sein müsste. Jan meinte, eine gewisse Ähnlichkeit zwischen ihnen beiden festzustellen. Seine Haare waren dunkelblond, wie die Haare des Mannes auch. Die Augen braun wie seine. Sah der Mann auf dem Foto wie ein Verbrecher aus?

„Was machst du da?"

Jan wurde jäh aus seinen Gedanken gerissen und erschrak. Ein alter Mann stand neben ihm und blickte mit hellen blauen Augen, die blutunterlaufen waren, auf ihn herab. Das Gesicht des Mannes war ledrig und wettergegerbt. Er sah aus, als hätte er sein ganzes Leben in der freien Natur verbracht. Sofort sprang Jan auf.

„Wer sind Sie?", wollte Jan wissen.

„Ich heiße Wolfgruber und wohne dort drüben, aber du darfst Helge zu mir sagen." Er zeigte mit dem Finger in einem Halbkreis über die Wiesen, die sich hinter dem Haus erstreckten. Einen Bauernhof oder ein anderes Gebäude, das der Mann meinen könnte, konnte Jan nicht erkennen. Nur eine Schafherde graste friedlich im Schatten der Bäume am Rande einer Wiese.

„Also, was machst du?", wiederholte der Fremde seine Frage.

„Ich wohne jetzt hier."

„Und du sitzt auf der Wiese, um die Aussicht zu genießen?"

„Nein. Ich weiß nicht, was ich machen soll. Ich kenne hier niemanden."

„Na ja, wenn du bloß im Garten rumsitzt, wird es auch schwer werden, jemanden kennenzulernen. Außer, du möchtest dich mit ein paar Regenwürmern oder Grashüpfern anfreunden, dann solltest du dich schnell wieder hinsetzen. Ist nicht die schlechteste Gesellschaft, wenn du mich fragst. Immerhin schreien und toben die nicht rum."

Jan musste lächeln. „Mit denen wollte ich mich nicht anfreunden."

„Zumindest siehst du jetzt schon ein bisschen fröhlicher aus. Vorhin habe ich gemeint, uns allen droht ein schreckliches Unwetter, wenn du noch länger mit dieser Trauermiene in die Sonne schaust. Die Sonne ist eine sehr empfindliche alte Dame. Die versteckt sich hinter Wolken, wenn sie jemand so miesepetrig ansieht."

„Wohnst du schon lange hier?", wollte Jan von Helge wissen.

„Ich wohne mal hier und mal dort. Je nachdem, wo mich die Schafe hinziehen. Aber meistens bin ich dort vorne auf den Wiesen. Ich habe mich gewundert, dass wieder eine Familie in dieses Haus hier eingezogen ist. Es stand lange leer."

„Das wundert mich nicht. Wer will hier schon wohnen?"

Helge lächelte verschmitzt. „Da hast du wohl recht. Es könnte ein schönes Fleckchen Erde sein, wenn nur diese Sache nicht vorgefallen wäre. Darum will hier natürlich niemand mehr wohnen. Und wer soll es verdenken? Darum war ich ja so überrascht, als ich dich im Gras sitzen sah."

„Was denn für eine Sache?", wollte Jan neugierig wissen.

„Sag bloß, du hast darüber noch nichts gehört?"

„Worüber denn?", nun wurde Jan richtig hibbelig. „Ist etwas mit dem Haus nicht in Ordnung?"

„Mit dem Haus ist, soweit ich das beurteilen kann, alles in Ordnung, außer, dass es mal einen neuen Anstrich vertragen könnte. Es geht eher um etwas, das in der Nähe des Hauses steht."

Jan blickte sich um. Außer einem alten Schuppen und ein paar Bäumen konnte er nichts entdecken.

„Ich weiß nicht, was du meinst."

„Nun, dann will ich es dir gerne verraten. Es geht um die alte Eiche da unten. Von der solltest du dich fernhalten. Wenn du das beachtest, kannst du hier gut und lange leben. Wenn nicht … na ja, dann eben nicht."

„Was ist denn an der Eiche so besonders?" Der Junge musterte den Baum, der etwa 20 Meter entfernt stand und die Grenze des Grundstücks markierte. Dahinter war nur noch ein halb verfallener Bretterzaun.

„Ich will dir die Geschichte gerne erzählen, aber wahrscheinlich wirst du sie mir sowieso nicht glauben. Ach, sieh mal, wer da kommt." Der Schäfer nickte in Richtung eines schlaksigen Jungen, der langsam auf sie zugeschlendert kam. Jan erkannte den Nachbarsjungen sofort, der ihn vorhin so unfreundlich abgewiesen hatte. „Simon, hast du schon deinen neuen Nachbarn kennengelernt?"

Der Junge nickte missmutig. „Meine Mutter lässt fragen, ob du Schafsmilch zu verkaufen hast."

„Soso, möchte sie wieder etwas von dem feinen Käse herstellen?"

Simon zuckte mit den Achseln.

„Komm doch heute Abend vorbei, dann gebe ich dir Milch. Viel habe ich aber im Moment nicht. Nun muss ich zurück zu meiner Herde. Wir sehen uns dann später." Damit machte sich Helge auf den Weg die Wiese hinab. Er stieg über den Bretterzaun und ging weiter über die angrenzende Weide seinen Schafen entgegen.

Die beiden Jungen blieben schweigend zurück.

„Wenn du willst, kannst du heute Abend mit rübergehen zu Helge", sagte Simon, ohne Jan dabei anzuschauen.

„Kann ich schon machen", erwiderte Jan unschlüssig. Einerseits war er noch immer sauer auf Simon, weil er so unfreundlich zu ihm gewesen war, andererseits wollte er gerne den Schäfer wiedersehen, um mehr über sein neues Zuhause zu erfahren.

Simon wandte sich zum Gehen und rief Jan über die Schulter zu: „Ich hole dich um 19 Uhr ab." Jan blickte ihm nach und bemerkte, dass Simon mit dem linken Bein leicht hinkte.

Um Punkt 19 Uhr trafen sich die beiden Jungen und gingen die Wiese runter zum Bretterzaun.

„Kennst du Helge schon lange?", wollte Jan wissen.

„Schon immer. Solange ich denken kann, hütet er jeden Sommer die Schafe."

„Und was macht er im Winter?"

„Keine Ahnung. Ich glaube, er vereist irgendwohin."

„Magst du ihn?"

Simon zögerte und sagte dann: „Er ist schon o.k. Ein bisschen merkwürdig manchmal. Er redet mit seinen Schafen."

Sie kletterten über den Zaun und hielten auf die Schafherde zu.

„Was ist mit deinem Bein?", fragte Jan.

„Was soll damit sein?"

„Du humpelst. Hast du dich verletzt?"

„Was geht dich das an?", entgegnete Simon gereizt. „Wenn ich dir einen Tipp geben darf, hör nicht auf die Geschichten, die der Alte dir erzählt. Er hat zu viel Fantasie. Und misch dich nicht in fremde Angelegenheiten ein. Das mögen wir hier nicht."

„Du meinst die Geschichte über die Eiche?"

Simon blieb abrupt stehen, während Jan ein paar Schritte weiter lief und dann ebenfalls anhielt. „Das hat er dir also auch schon auf die Nase gebunden? Da bist du kaum ein paar Tage hier und schon quatscht der alte Mann diesen Blödsinn weiter."

„Welchen Blödsinn?"

„Na, das mit der Eiche."

„Was ist denn nun mit der Eiche?"

Simon schwieg und ließ seinen Blick einen Moment gedankenversunken über den Horizont schweifen.

„Gar nichts ist mit der Eiche. Ein alter Baum, der schon Hunderte von Jahren dort steht, ansonsten ist nichts Besonderes daran. Ein stinknormaler Baum. Lass dir bloß nichts anderes einreden."

Zu gerne wüsste Jan, welche Geschichten sich um die alte Eiche auf ihrem Grundstück rankten, doch Simon schien nicht gewillt, weiter darüber zu sprechen. Helge saß unter einem Baum, neben ihm lag ein großer Hund mit dickem zotteligen Fell, der nur kurz den Kopf hob und ein leises Knurren von sich gab, als die beiden Jungen sich näherten.

„Da seid ihr ja. Setzt euch doch."

„Wir wollen nur schnell die Milch holen", sagte Simon und machte keine Anstalten, sich hinzusetzen.

„Also, ich habe es nicht eilig", meinte Jan und legte sich ins Gras. „Wie heißt denn der Hund?"

„Bruno. Aber fass ihn besser nicht an. Er ist ein Hütehund und manchmal etwas eigenwillig."

„Passt er gut auf die Schafe auf?"

„Ja, er macht seine Arbeit sehr gut. Nur kommt er etwas in die Jahre, so wie ich auch." Helge streckte sich und gähnte. „Von Jahr zu Jahr haben die Bauern weniger Schafe und für uns gibt es immer weniger zu tun. Irgendwann werden wir uns etwas anderes suchen müssen." Er klopfte Bruno auf den Rücken.

„Ich muss gleich wieder nach Hause, meine Mutter wartet auf die Milch", warf Simon ein, der mit verschränkten Armen etwas abseits stand. „Du kannst ja noch hierbleiben."

„Dann will ich mal die Milch holen." Helge erhob sich schwerfällig und ging auf einen flachen Verschlag zu.

„Was hast du denn?", flüsterte Jan Simon zu, der längst gemerkt hatte, dass Simon sich unwohl fühlte.

„Erzähl ich dir später. Lass uns gehen."

Der alte Schäfer kam mit einer Flasche zurück, die er Simon überreichte. „Für Käse wird es kaum reichen." Der Junge gab ihm ein paar Münzen und schickte sich an, zu gehen.

„Wollt ihr wirklich schon wieder abhauen? Ich wollte gerade ein kleines Feuerchen machen und Kartoffeln rösten."

Jan war hin- und hergerissen. Nach Hause wollte er eigentlich noch nicht, denn da wartete bestimmt nur wieder Streit auf ihn. Außerdem wollte er gerne hören, was Helge über die alte Eiche zu sagen hatte. „Wir können doch noch ein bisschen bleiben", sagte er zu Simon.

„Also, ich nicht. Ich muss wirklich gehen. Du kannst ja noch hierbleiben." Mit diesen Worten machte Simon sich schnellen Schrittes auf den Weg.

„Ganz schön schneller Abgang", kommentierte der Schäfer belustigt.

„Was hat er denn?"

„Keine Ahnung. Schiss in der Hose, vermutlich. Wie wäre es, wenn du ein bisschen Holz sammelst?"

Das ließ Jan sich nicht zweimal sagen. Er hatte fast noch nie Lagerfeuer gemacht, weil das in der Großstadt kaum möglich war.

Wenig später hatte der alte Schäfer das Feuer entfacht. Jan wickelte Kartoffeln in Folie und warf sie in die Glut. Nicht mehr lange und es würde anfangen, zu dämmern. Die Schafe scharten sich nun näher um den Schäfer und das Lager.

„Du wolltest mir doch von der Eiche erzählen", begann Jan beiläufig.

„Ach so, ja, diese alte Eiche. Ich bin nicht sicher, ob du die Geschichte wirklich hören möchtest. Sie ist nicht sehr schön."

Sie saßen dicht am Feuer und Jan spürte die wohlige Wärme, die von ihm ausging. Er beobachtete das Spiel der Flammen, lauschte dem Knistern der verbrennenden Zweige.

„Solange es nur eine Geschichte ist."

Der Schäfer lachte. „Es ist nur eine Geschichte. Aber dafür eine wahre Geschichte, so wie ich meine. Doch das muss jeder selbst entscheiden. Alles begann, als vor über 200 Jahren das alte Gutshaus, in dem du jetzt lebst, gebaut werden sollte. Vorher stand dort nur eine alte Hütte, in der eine Frau wohnte. Sie war eine sehr arme Witwe, die außer der Hütte nichts besaß. Es war ihr Zuhause. Die Menschen im Dorf nannten sie die Hüterin der Wälder."

„Wieso denn Hüterin der Wälder? War sie eine Hexe oder sowas?", wollte Jan wissen.

„Wer weiß, was sie wirklich war. Wenn du mich fragst, war sie einfach nur eine alte Frau, die ihr Leben lang mit offenen Augen durch die Natur gegangen war und viel über die Wälder und ihre Bewohner wusste. Sie konnte die Pilze unterscheiden, wusste, welche Blätter man essen konnte und wie man Birkenlimonade herstellte. Sie braute Tee aus Wurzeln und fand im Wald alles, was sie zum Leben brauchte. Früher gab es hier nämlich nicht so viele Wiesen wie heute. Das alles hier war damals Wald."

„Da hättest du keine Schafe hüten können", gab Jan zu bedenken.

„Das stimmt wohl", nickte der alte Schäfer, und er fuhr fort: „Doch als der reiche Herr dort das Gutshaus errichten wollte, musste die Hütte weichen. Man bot der Frau eine Hütte am anderen Ende des Dorfes an, aber sie wollte nicht umziehen. Man erzählt sich, dass drei starke Männer die Frau aus der Hütte raustragen mussten, weil sie sich so wehrte und schrie."

„Ich würde auch schreien, wenn man mir mein Zuhause wegnimmt." Jan musste an den Tag des Umzugs denken, als er versucht hatte, sich zu verstecken. Der Möbelwagen war schon vollbeladen und alle hatten nach ihm gesucht. Wie gerne wäre er in der alten Wohnung geblieben. Er hatte seine Mutter und den Stiefvater viel angeschrien, aber es hatte auch alles nichts geholfen.

„Ja, das kann sehr ärgerlich sein, wenn man woanders hin soll und gar nicht möchte", stimmte Helge ihm zu. „Doch dann haben sie die Frau an die alte Eiche gebunden, weil sie sich gar nicht beruhigen ließ. So musste sie mit ansehen, wie ihre kleine Hütte abgerissen wurde und mit ihr etliche Bäume gefällt wurden. Bis in die Nacht habe sie dort geschrien und gezetert und jeden verflucht, der sich ihr näherte. Erst als der Vollmond schon hoch am Himmel stand und die Kirchturmuhr zwölfmal schlug, wurde es ruhig. Doch als die Handwerker am nächsten Morgen wiederkamen, um ihre Arbeit fortzusetzen, stell dir vor, da war die Frau verschwunden. Die Seile, mit der man sie an den Baum gebunden hatte, hingen unversehrt um den Stamm. Die Handwerker, die den Baum schon lange kannten, behaupteten, dass der Stamm viel dicker sei als vorher, so, als habe der Baum sich die Frau einverleibt. Doch der Gutsherr hielt dieses Gerede für Schwachsinn und als die Gerüchte gar nicht enden wollten, befahl der Herr, dass der Baum gefällt werden sollte."

Jan stocherte mit einem Stock in den Flammen herum, während er dem alten Schäfer aufmerksam zuhörte. „Aber sie haben den Baum nicht gefällt", stellte er fest.

„Nein. Versucht haben sie es. Aber als der Erste mit der Axt gegen den Stamm schlug, da flog das Eisen der Axt vom Stil und traf den Holzarbeiter am Kopf."

„Wurde er schwer verletzt?"

„Na, was meinst du wohl? Damals gab es noch keine Krankenhäuser, in die man ihn hätte einliefern können. Dann befahl der Herr zwei anderen Männern, den Baum abzusägen. Ein Sägeblatt nach dem anderen ist zerrissen. Es war nicht möglich, den Baum zu fällen. Stattdessen kam es immer wieder dazu, dass Menschen verletzt wurden, die Hand an den Baum legen wollten."

„Trotzdem wurde das Gutshaus gebaut."

„Ja, der Gutsherr wollte sich nicht von dem Baum und dem Geschwätz geschlagen geben. Es ist ja auch ein schönes Fleckchen Erde hier und er ließ große Flächen des Waldes roden, um Platz für seine Felder zu haben. Glück hat es ihm allerdings nicht gebracht."

„Und das hatte mit der Eiche zu tun?"

„So genau weiß man das nicht. Wenn ein reicher Mann einer armen Frau das Land wegnimmt, kann es um seinen Charakter nicht gut bestellt sein. Menschen mit schlechtem Charakter sind meistens unglücklich, weil sich niemand mit ihnen abgeben mag. Denn in der Nähe von schlechten Menschen findet niemand Zufriedenheit. Kurz nachdem das Gutshaus fertiggestellt war, ist seine Frau verschwunden."

„Er hatte sie doch nicht etwa an den Baum gebunden?"

„Nein, da war wohl eher der Knecht des Hauses dran schuld. Die beiden sind weggelaufen und haben den einzigen Sohn des Gutsherrn mitgenommen. Er war damals noch ein kleines Kind. Die Mutter wollte ihn nicht zurücklassen."

„Was ist aus ihnen geworden?"

„Aus der Mutter und dem Kind? Das weiß niemand. Sie werden mit dem Knecht zusammen ein neues Leben angefangen haben. Ich hoffe, es hat sie zufrieden und glücklich gemacht."

„Und der Gutsherr?"

„Dem ist irgendwann ein Ast auf den Kopf gefallen, als er mit dem Stock gegen die alte Eiche geschlagen hat. So erzählt man es sich zumindest. Danach war er schwachsinnig und ist immer in Unterhosen um das Haus getanzt."

Jan musste lachen.

„Na ja, das mit den Unterhosen ist nicht überliefert. Das habe ich mir nur ausgedacht."

„Aber der Rest, der ist überliefert?"

„Natürlich. Mehr oder weniger jedenfalls. Es gab ja noch keine Geschichtsbücher, über die Kinder den ganzen Tag in der Schule brüten mussten und in denen alles haarklein aufgeschrieben wurde. Aber so hat mir meine Mutter die Geschichte erzählt, und ich schwöre bei meinen Schafen, dass ich fast nichts dazu gedichtet habe."

Wie zur Bestätigung fing ein Schaf an zu blöken.

„Ich habe fürs Baumfällen sowieso nicht viel übrig", sagte Jan gelassen und gähnte.

„Dann ist es ja gut. Und ich hoffe, dass du auch für das Klettern auf Bäume nicht viel übrighast. Und falls doch, such dir lieber einen anderen Baum. Hier gibt es ja genügend. Es soll schon vorgekommen sein, dass sich jemand dabei das Bein gebrochen hat. Und nun gehst du besser nach Hause, sonst machen sich deine Eltern noch Sorgen."

Es war inzwischen stockdunkel geworden. Jan verabschiedete sich von dem Schäfer und ging in Richtung Gutshaus zurück. Die hell erleuchteten Fenster zeigten ihm den Weg. Als er über den Zaun kletterte, blickte er zur Eiche rüber, die schwarz und dunkel an der Grenze des Grundstücks stand. Ihr Laub raschelte leise im Wind und die Grillen zirpten auf der Wiese. Er dachte an die alte Frau, deren Zuhause vor über 200 Jahren einfach abgerissen worden war, und sie tat ihm sehr leid. Wie die Umgebung wohl ausgesehen hatte, als es die Wiesen noch nicht gegeben, sondern der Wald fast bis an das Haus gereicht hatte? Das vermochte er sich kaum vorzustellen.

2.

Am nächsten Morgen trat Jan an das Fenster seines Kinderzimmers, von wo aus er die alte Eiche gut sehen konnte. Er hatte unruhig geschlafen. Am gestrigen Abend hatte er noch lange im Bett wach gelegen und über die Geschichte der alten Eiche nachgedacht. Er hatte Zweifel, ob das, was der alte Schäfer ihm alles erzählt hatte, überhaupt stimmen konnte. Gab es überhaupt Birkenlimonade? Und war hier wirklich damals Wald gewesen? Jan blickte zu den Wiesen und entdeckte die Schafherde, die friedlich graste. Irgendwo dort draußen mussten Helge und Bruno sein. Er konnte sie aus der Entfernung nicht sehen. Die Eiche hatte im Sonnenlicht nichts Unheimliches an sich. Sie stand da wie ein ganz normaler Baum. Nach dem Frühstück wollte er sich die Eiche genauer ansehen.

„Was hast du heute vor?", wollte seine Mutter wissen. „Wir haben Benni gestern für die Ferienspiele angemeldet. Da kannst du auch mitmachen und neue Leute kennenlernen."

„Kein Bock", entgegnete Jan.

„Ich will nicht mit dem zusammen zu den Ferienspielen", warf Benni, Jans neunjähriger Halbbruder, ein. „Der ist total peinlich."

„Hör auf, so über deinen Bruder zu reden", sagte Erik und tätschelte Benni liebevoll den Kopf.

„Keine Angst, Blödmann, ich komme schon nicht mit zu deiner Bastelstunde", sagte Jan verärgert.

„Mami, der hat Blödmann zu mir gesagt!"

Jan nahm sein Marmeladenbrot auf die Hand und stürmte aus der Küche, bevor der Streit noch mehr eskalieren würde.

„Wir sprechen uns noch, junger Mann", rief sein Stiefvater ihm hinterher.

Jan lief in den Garten und hielt direkt auf die alte Eiche zu. Was sollte ihm schon geschehen? Es war doch nur ein alter Baum. Er sah in das Astwerk hinauf. Das Blätterdach war dicht und die Äste zum Teil sehr dick und knorrig. Hoffentlich waren keine morschen Äste dabei. Aber solange kein Sturm war, würde wohl auch keiner runterfallen. Er musste an den Gutsherrn denken, dem angeblich ein Ast auf den Kopf gefallen war. Die Sonnenstrahlen wurden von den Blättern und Zweigen gebrochen. Es war schattig und kühl unter dem Baum. Jan sah nach oben und drehte sich im Kreis. Das Spiel aus Licht und Farben faszinierte ihn. Etwas raschelte über ihm und er entdeckte ein Eichhörnchen, das von einem Ast zum anderen sprang. Als das Eichhörnchen ihn wahrnahm, verschwand es höher in die Baumkrone. Endlich traute Jan sich, den Baumstamm zu berühren. Die Rinde fühlte sich rau an und war durch und durch zerfurcht.

„Hat der Alte dir die Geschichte also doch nicht erzählt."

Jan fuhr herum.

Simon stand einige Meter von ihm entfernt mit verschränkten Armen.

„Falls du die Geschichte über die Eiche meinst, die hat er mir schon erzählt."

„Und trotzdem machst du da rum?"

„Wieso sollte ich nicht? Es ist schließlich nur eine Geschichte. Außerdem bin ich kein Angsthase."

„Ich bin auch kein Angsthase!", gab Simon zurück.

„Dann komm doch her oder hast du Schiss, dass dir ein Ast auf den Kopf fällt und du dann in Unterhosen um das Haus tanzt?"

„Quatsch!" Simon ging langsam auf Jan zu, wobei er seinen Blick nach oben gerichtet hielt und prompt über eine Wurzel stolperte.

Jan hielt sich den Bauch vor Lachen: „Der Baum hat dir ein Bein gestellt!"

„Hör auf mit dem Blödsinn."

„War ja nur ein Witz." Er reichte Simon die Hand und half ihm auf. Jetzt, da Simon da war, fühlte er sich sicher. Der Baum machte ihm überhaupt keine Angst. Ganz im Gegenteil. Jetzt, da Jan ihn sich aus der Nähe besah, fand er ihn richtig schön. Die

Baumkrone bot Vögeln und Eichhörnchen ein Zuhause. Er besah sich die Wurzeln genauer, die stämmig in den Boden einzutauchen schienen, so, als wäre die Erde um den Baum ein braunes Meer. Wie weit sie wohl nach unten reichten?

„Schau dir das mal an", sagte Jan und zeigte in eine tiefe Baumhöhle, die er auf der anderen Seite des Stammes entdeckt hatte. Wenn er sich auf die Zehenspitzen stellte, konnte er über den ausgefransten Rand der Rinde hineinschauen.

„Ich weiß."

„Was ist denn in der Höhle?"

„Keine Ahnung. Was soll da schon drin sein?"

„Wohnt da ein Tier drin?"

„Ein Mensch jedenfalls nicht. Du kannst ja mal den Arm reinstecken."

Jan trat näher an das Loch in der Rinde. Außer Spinnennetzen und Käfern, die sich in dem Netz verfangen hatten, konnte er nichts entdecken. Er würde die Höhle bei Gelegenheit mit der Taschenlampe genauer untersuchen. Den Arm wollte er nicht reinstecken.

„Traust dich wohl nicht", foppte Simon ihn.

„Ne, bestimmt wohnt da unten eine Riesenspinne. Meinst du, der Hohlraum geht bis ganz unten? Soll ich mal einen Stock reinstecken?"

„Würde ich an deiner Stelle lieber nicht machen."

„Warum?"

„Weil da bestimmt irgendein Tier drin wohnt. Vielleicht ein Marder oder ein Eichhörnchen."

„Ach so. Ich dachte schon, du hättest Angst vor der Rache der Eiche."

„Da kannst du dich gerne drüber lustig machen", gab Simon zurück.

„Glaubst du den Geschichten des Schäfers?"

„Weiß nicht. Manches davon wird schon stimmen, sagt meine Mutter."

„Und was?"

„Zum Beispiel, dass hier damals eine kleine Hütte stand, die abgerissen wurde, als das Gutshaus gebaut wurde. Im Heimatmuseum gibt es ein Bild davon."

„Ein Foto?"

„Quatsch, Fotos gab es damals noch nicht. Aber ein Gemälde in einem Buch über die Geschichte des Ortes. Und in der Hütte hat eine alte Frau gewohnt. Das kann man in den Kirchenbüchern nachlesen. Sie ist in der Nacht, als ihre Hütte abgerissen wurde, spurlos verschwunden."

„Was du alles weißt."

„Ich habe mich eben informiert."

„Wieso interessiert dich der Baum so?"

„Ich wohn halt gleich nebenan und sehe die Eiche jeden Tag von meinem Zimmerfenster aus." Simon deutete zum Nachbarhaus hinüber.

„Sieht so aus, als hätte mal jemand versucht, in dem Baum eine Schaukel aufzuhängen." Jan deutete nach oben. „Da hängen Seile an dem einen Ast."

„Keine Schaukel. Ein Baumhaus."

„Echt? Hast du versucht, da oben ein Baumhaus zu bauen?"

Simon nickte.

„Was ist daraus geworden?"

„Nichts. Ich bin runtergefallen und habe mir das Bein gebrochen."

„Deswegen humpelst du?"

Simon nickte: „Der Bruch war ziemlich kompliziert. Das ist aber schon zwei Jahre her."

„Wieso bist du runtergefallen? Abgerutscht oder sowas?"

„Keine Ahnung. Plötzlich ist es ganz windig geworden. Ich habe wohl nicht gut genug aufgepasst."

„Der Baum ist wirklich fantastisch geeignet für ein Baumhaus. Wie geschaffen dafür!", rief Jan euphorisch. „Wie wäre es, wenn wir es nochmal zusammen versuchen?"

„Spinnst du?"

„Wieso denn?"

„Denkst du, ich will nochmal runterfallen und mir womöglich noch das zweite Bein brechen? Oder das Genick?"

„Sowas passiert einem doch nicht zweimal! Außerdem sind wir jetzt ja zusammen. Ich habe einen Klettergurt, den können wir benutzen. Wir ziehen ein langes Seil oben über den starken Ast da und dann können wir uns gegenseitig sichern. Einer baut und der andere hält das Sicherungsseil."

„Wenn du unbedingt bauen willst, kannst du das gerne machen. Ich mache da nicht mit."

„Du kannst ja unten bleiben und das Seil halten. Dann kannst du mir auch gleich die Bretter anreichen und das Werkzeug."

Widerwillig stimmte Simon zu und sie gingen in das alte Gutshaus, um im Keller nach Werkzeug und Brettern zu suchen.

In der folgenden Nacht lag Jan noch lange wach. Was war bloß in ihn gefahren, dass er unbedingt ein Baumhaus in der alten Eiche bauen musste und Simon überredet hatte, mitzuhelfen? Helge wäre davon sicher nicht begeistert, wenn er davon erfuhr. Im Keller hatten die beiden Jungen allerhand Dinge gefunden, die sie zum Bauen verwenden konnten. Ein etwas mulmiges Gefühl blieb, auch wenn Jan die Geschichte über die Eiche, die der alte Schäfer erzählt hatte, für ein Märchen hielt. Bäume, die sich Menschen einverleibten, gab es doch überhaupt nicht. Und dass der Baum nicht gefällt werden konnte, lag bestimmt nur daran, dass die Leute früher noch keine Motorsägen hatten. Heutzutage wäre es bestimmt ein Leichtes, den alten Baum umzusägen, wenn man denn wollte.

Am nächsten Tag begannen die Jungen mit ihrem Werk. Sie sägten zunächst die Bretter zurecht und legten alle Werkzeuge, die sie benötigten, auf eine Decke, damit nichts verloren gehen konnte. Dann warf Jan ein Seil über einen dicken Ast und legte den Klettergurt an. Er zeigte Simon, wie er ihn sichern musste. Bald saß Jan weit oben im Baum und sah über die Wiesen zur Schafherde rüber.

„Von hier oben hat man einen irren Ausblick! Solltest du auch mal versuchen!"

Doch Simon wollte nicht tauschen. Sie arbeiteten den ganzen Tag Hand in Hand und am Abend hatte Jan schon den Boden des Baumhauses fertiggestellt, der über zwei dicken Ästen lag und mit Seilen am Baum festgebunden war. Jan war mit der Arbeit zufrieden und auch Simon hatte nach und nach seine Angst vor dem Baum überwunden.

Am nächsten Morgen wollten Jan und Simon ihre Arbeit fortsetzen.

„Man, schau dir das bloß mal an!" Simon deutete auf die Bretter, die verstreut über der Wiese lagen. „Kein Brett liegt mehr auf den Ästen. Alle sind runtergefallen."

Jan besah sich verwundert die Bretter. „Ich bin mir sicher, dass ich sie gut befestigt habe. Vielleicht war es in der Nacht sehr stürmisch."

„Keine Ahnung."

„Vielleicht war eines der Seile nicht richtig festgeknotet. Dann hat der Wind die Bretter runtergeweht."

„Dann muss das aber ein richtiger Sturm gewesen sein. Schau mal, wie weit die Bretter geflogen sind!" Simon kletterte über den alten Zaun und holte ein Brett, das etwa zehn Meter entfernt auf der Wiese lag.

„Muss wohl so gewesen sein. Ich habe geschlafen wie ein Stein und nichts mitbekommen."

„Willst du es nochmal versuchen?", wollte Simon wissen und hoffte insgeheim, dass Jan von seinem Plan ablassen würde.

„Ja, einmal will ich es noch probieren."

So bauten sie gemeinsam erneut den Boden des Baumhauses in die Eiche. Dieses Mal achtete Jan ganz besonders gut darauf, dass alle Knoten richtig festgezogen waren.

Mitten in der Nacht schreckte Jan aus dem Bett hoch. Was war das für ein Knall? Er trat ans Fenster und traute seinen Augen nicht. Die Eiche schüttelte sich im Mondlicht. Sie schwankte hin und her, bis ein Brett nach dem anderen in hohem Bogen runterflog. Dann stand sie plötzlich wieder ganz still da. Das muss ein Traum sein, dachte Jan. Es kann gar nicht anders sein. Er schlüpfte in seine Sneakers und ging im Schlafanzug in den Garten. Er wusste nicht, wie spät es war, aber es war stockdunkel und im Haus war alles still. Nur der Mond erleuchtete den Garten.

„Simon!", raunte er in Richtung Simons Kinderzimmerfenster. Er las ein paar Kieselsteine auf und warf sie an die Fensterscheibe. Kurz darauf öffnete sich das Fenster und Jan erkannte einen dunklen Umriss.

„Jan, bist du das?", flüsterte Simon mit müder Stimme.

„Ja, du musst unbedingt runterkommen und dir etwas ansehen."

„Jetzt? Mitten in der Nacht?"

„Ja, komm schon. Vielleicht habe ich das alles auch nur geträumt. Schnell."

Wenige Augenblicke später erschien Simon im Garten.

„Bist du verrückt, mich mitten in der Nacht aufzuwecken? Ich kriege riesigen Ärger, wenn meine Eltern sehen, dass ich um die Zeit draußen rumlaufe."

„Der Baum hat sich geschüttelt! Ich habe es vom Fenster aus gesehen. Er hat die Bretter abgeworfen."

„Du spinnst. Es weht kein Lüftchen." Simon hatte recht. Die Sommernacht war warm und vollkommen windstill. „Das hast du nur geträumt."

„Kann schon sein. Lass uns lieber nachsehen."

„Reicht das nicht morgen Früh?"

Doch Jan hatte sich schon in Bewegung gesetzt. „Schau mal, hier liegt schon ein Brett!" Jan hielt das Brett in die Höhe, das etwa fünf Meter vom Baum entfernt auf dem Boden lag. „Es kann nicht einfach so runtergefallen sein. Die Eiche ist lebendig."

„Jeder Baum ist lebendig!", gab Simon zurück.

„Ja, schon. Ich meine aber, irgendwie anders lebendig. Scheint so, dass er nicht will, dass wir ein Baumhaus auf ihm bauen."

„Lass uns hier verschwinden." Simon packte Jan am Arm. „Wir sehen uns das morgen an."

Plötzlich fuhren die Jungen zusammen, als ein großer Hund sie anbellte.

„Ein wilder Hund!", schrie Jan auf.

„Das ist nur Bruno", versuchte Simon, ihn zu beruhigen.

„Was macht der in der Nacht hier im Garten?"

Bruno knurrte die Jungen an. Er lief um sie herum und versperrte ihnen den Weg zum Haus. Wie zwei verloren gegangene Schafe trieb Bruno die beiden zur Eiche.

„Beißt der?", wollte Jan wissen.

„Soweit ich weiß, nicht. Aber ich habe ihn auch noch nie so aufgeregt gesehen."

„Willst du lieber von einem Hund oder einer Eiche gefressen werden?"

„Lass deine blöden Witze!", fauchte Simon. „Das ist nicht mehr lustig. Ich will jetzt nach Hause. Aber er lässt mich nicht vorbei."

Die Jungen wichen vor dem Hund immer weiter zurück, bis sie mit dem Rücken gegen den Stamm der Eiche gepresst dastanden.

„Bestimmt holt er jetzt Helge und der schimpft uns aus und erzählt wieder eines seiner Schauermärchen."

„Wenn es nur das wäre. Schau mal da oben."

Jan wandte seinen Blick in die Baumkrone, die sich wie ein schwarzes Dach über ihnen ausbreitete. Nur der Vollmond schien zwischen den Ästen festzuhängen.

„Was soll denn da oben sein?"

„Da ist irgendeine Gestalt."

„Ich seh nichts." Jan strengte seine Augen an, konnte aber nichts erkennen. „Das bildest du dir nur ein."

Bruno knurrte wieder bedrohlich. Sie standen nun genau vor der Baumhöhle, als Bruno auf sie zugesprungen kam. Die Baumhöhle öffnete sich und die beiden Jungen stolperten rückwärts in die Dunkelheit.

3.

Es war stockfinster um sie herum. Jan spürte, wie jemand seinen Arm umklammerte.

„Simon?", frage er.

„Ja. Wo sind wir?"

Jan tastete um sich herum in die Dunkelheit, als Bruno leise winselte. Der Hütehund saß zu ihren Füßen.

„Ich glaube, wir sind im Baum", stellte Simon fest.

„Überall nur Holz um uns herum."

„Ihr seid des Todes", erklang plötzlich eine hohe unheimliche Stimme über ihnen.

Ein kalter Hauch zog durch den Stamm und ließ die Jungen erschaudern. Jan und Simon klammerten sich fest aneinander.

„Macht besser euer Mestatent!", flüsterte die Stimme schaurig.

„Mestatent?", fragte Jan verwundert.

„Ich glaube, er meint Testament", wisperte Simon.

„Ach, Mist, immer verwechsele ich das!", sagte die Stimme und ein fahles Licht ging an und erhellte den Raum. Ein kleines Männchen mit einem Pilzhut hüpfte Jan auf die Schulter und lachte. „Da habe ich euch ganz schön Angst gemacht, oder? Fast hättet ihr euch in die Hose gemacht!"

„Wer bist du?", wollte Jan wissen.

„Müzl Pilz, aber Müzl reicht." Er sprang nun auf Brunos Rücken.

„Nicht an den Ohren anfassen", warnte Simon, „das mag er nicht."

„Wen wundert's?", gab Müzl zurück, „ich beiße auch, wenn man mir am Ohr zieht." Er lachte wieder und betrachtete die beiden Jungen nun aufmerksam. „Willst du es mal probieren?" Er hielt Simon sein spitzes Ohr entgegen.

„Ich will jetzt lieber wieder gehen", sagte Simon, „mach die Tür auf!"

„Seit wann haben Bäume Türen?", fragte Müzl.

„Wie kommen wir hier wieder raus?"

„Wie ihr hier rauskommt, weiß ich nicht. Macht es doch einfach so, wie ihr reingekommen seid. Ich muss jetzt gehen, denn ich bin auf einer wichtigen Mission. Viele Grüße an die Familie und ein schönes Leben noch!" Müzl sprang auf den Boden und verschwand in einem dunklen Loch.

„Halt!", rief Jan.

„Was ist denn noch?"

„Was soll aus uns werden?"

Plötzlich begann der Baum zu zittern und der Boden zu beben. Die Jungen wurden in den Abgrund gerissen, der sich mit einem Mal unter ihnen auftat. Die beiden schrien, als sie wie auf einer Rutsche ins Erdreich schlitterten, bis sie endlich unsanft zum Stoppen kamen. Eine spärlich erleuchtete Erdhöhle tat sich auf.

„Meine Fresse!", schrie Müzl und schob sich die Mütze zurecht. „Da bin ich also doch richtig! Als ich euch komische Käuze da oben getroffen habe, dachte ich schon, ich hätte die falsche Abbiegung genommen!"

„Wo sind wir?"

Noch ehe Müzl antworten konnte, kam im Flackerlicht eine dunkle Gestalt auf sie zu. Als sie näherkam, erkannte Jan, dass es eine alte Frau war, die gebeugt an einem Stock ging.

Müzl warf sich auf den Boden: „Hüterin der Wälder, ich bin so froh, dass ich euch gefunden habe! Verzeiht mein Eindringen. Ich bin weit gereist, um eure Hilfe zu erflehen."

Das alte Weiblein wandte sein Gesicht zum Licht und Jan erschrak. Es war zerfurcht wie Rinde und ihre Haare, die unter dem braunen Kopftuch hervorlugten, sahen aus wie dünne Wurzeln.

„Ich will nicht lange stören. Man schickt mich, weil wir alle ratlos sind. Immer mehr Bäume vergehen und unsere unterirdischen Netzwerke werden zerstört."

„Die Glut", sagte die Hüterin der Wälder mit knarzender Stimme, „greift nun also auch bei euch um sich."

„Welche Glut?", fragte Jan neugierig.

Die Hüterin kam nun ganz nah an Jan heran und musterte ihn: „Du bist nun also auch endlich da."

„Wer, ich?"

„Beachtet ihn gar nicht, Herrin", sagte Müzl. „Er ist nur der Diener des Anderen."

„Mein Diener?", fragte Simon.

Müzl verdrehte die Augen: „Sie gehören zu ihm hier." Er sprang wieder auf Brunos Rücken. „Der Herr ist ja immer der Klügste oder der Stärkste oder wenigstens der Schönste." Er tätschelte dem Hund den Kopf.

Bruno lief zu der Hüterin und ließ sich auch von ihr streicheln. Dann wandte sie sich wieder Jan zu, griff mit ihren rauen erdigen Händen nach seinem Kinn und drehte sein Gesicht ins Licht. „Jan von Waldhain, du kommst, deine Schuld zu begleichen."

„Ich heiße Jan Neuhausen", stotterte der Junge ängstlich.

Die Alte ließ sich nicht beirren und studierte weiter Jans Gesicht.

„Ich möchte nicht unhöflich sein", unterbrach Müzl. „Ich brauche dringend Hilfe und habe es ziemlich eilig, wieder nach Hause zu kommen."

„Aus allen Winkeln der Erde kommen Gesandte zu mir und erzählen von furchtbaren Dingen. Von der Glut, die sich in die Wälder frisst, der Wärme, die alles verzehrt, den Bränden."

„Bei uns ist es auch so", bestätigte Müzl. „Aus allen Winkeln der Erde? Wie viele Winkel hat denn die Erde?"

„Mehr, als du zählen kannst."

„Wo kommt denn diese Glut her?", wollte Simon wissen und endlich ließ die Hüterin Jans Kinn los und wandte ihren Blick ab.

„Ihr Ursprung liegt hinter dem großen Strom, den die Menschen Amazonas nennen, wo einst riesige Regenwälder die Erde bedeckten. Doch was sie genau ist, diese Glut, kann ich nicht sagen."

„Was können wir tun?"

„Ihr müsst die Düfte der Wälder einsammeln. Geht hoch in den Norden zu den dunklen tiefen Wäldern, die der Kälte strotzen, wo die Schwarzfichten und Tannen stehen. Reist in den Süden zu den Zedern und Pinien, die in der Hitze gedeihen, und in den Osten, in die regengrünen Wälder. Im Westen findet ihr viele meiner Verwandten, die im Rhythmus der Jahreszeiten geboren werden und sterben. Bis ihr schließlich zu den großen Regenwäldern kommt oder das, was davon noch übrig sein wird. Dort findet ihr auch den Lebensbaum, in dem alles seinen Ursprung hat. Seine Wurzeln umfassen die ganze Welt, das Universum bildet seine Krone."

„Meine Fresse! Das ist aber ganz schön weit!", fiel Müzl ihr ins Wort. „Verzeiht, Hüterin, ich weiß nicht, wie ich das schaffen soll."

„Ihr werdet gemeinsam reisen und die Düfte zu einem starken Gebräu mischen." Sie hängte Jan eine verkorkte Glasflasche mit einem Lederband um den Hals. „Beeilt euch, ihr habt nicht viel Zeit!" Sie reichte Jan einen kleinen Lederbeutel. „Nimm dies, Jan von Waldhain. Das Pulver in diesem Beutel wurde gemahlen aus den stärksten Wurzeln. Es wird euch auf der Reise helfen. Doch geh sparsam damit um." Sie drehte sich um und schlurfte in die Dunkelheit davon.

„Komische Oma", sagte Jan und betrachtete neugierig den Beutel.

„Jan von Waldhain!", schimpfte Müzl. „Rede nicht so ungezogen von der Hüterin der Wälder! Also, wo reisen wir als Erstes hin?"

„Ins Bett", schlug Simon vor und gähnte. „Bestimmt wache ich gleich auf. Das kann alles nur ein Traum sein."

Müzl sah ihn mit großen Augen an: „Aufwachen? Ihr Menschen seid komische Käuze."

„Was sollen das für Düfte sein?", wollte Jan wissen.

„Jeder Wald riecht anders und hat seine eigene Medizin", erklärte Müzl.

„Ist mir noch nie aufgefallen. Nach was sollen die Wälder denn schon riechen? Holz und Erde."

„Und Wildschweinkacke", gab Simon dazu.

„Ist deine Nase dauerverstopft? Lass mal sehen!" Müzl sprang Jan auf die Schulter und machte Anstalten, in seine Nase zu gucken.

„Lass das!"

„Der Wald ist voller Gerüche", schwärmte Müzl. „In meinem Wald riecht es nach … Ach, was soll das, ihr müsst das selbst erleben. Kommt mit!" Er suchte die Wände der Höhle ab. „Hier ist eine wunderbare Wurzel." Als Müzl die Wurzel berührte, wurde er immer kleiner, sodass Jan und Simon ihn kaum mehr sehen konnten.

Bruno fing an, zu bellen.

„Nehmt von dem Wurzelpulver!", rief Müzl.

Jan öffnete das Säckchen und rieb das braune Pulver zwischen den Fingern. Wie das wohl schmeckte? Er nahm etwas davon und steckte es sich in den Mund. Es schmeckte bitter und wurde im Mund klumpig und schleimig. „Igitt!", rief er und versuchte, die klebrige Masse auszuspucken.

„Du sollst es nicht essen, du komischer Kauz von Waldhain. Es reicht, wenn du daran riechst!", schrie Müzl. Er war wieder zu seiner vollen Größe gewachsen und stand kopfschüttelnd neben Jan. „Du weißt wirklich gar nichts. Verschwendest das kostbare Wurzelpulver, indem du es auffrisst!" Müzl nahm ihm das Säckchen weg und reichte es Bruno. „Dein Herr zeigt dir, wie das geht."

Bruno schnupperte an dem Pulver und schrumpfte.

„Jetzt aber los!"

„Riech du zuerst", sagte Jan und hielt Simon das Säckchen entgegen.

„Spinnst du?"

„Dann machen wir es eben gemeinsam."

„Ich will lieber nach Hause. Das kann hier alles gar nicht wahr sein."

„Wenn es nicht wahr sein kann, schadet es ja nicht, wenn wir an dem Pulver riechen. Komm schon. Vielleicht wird es lustig."

Widerwillig beugte Simon sich über den Beutel. Beide Jungen atmeten tief durch die Nase ein und begannen augenblicklich zu schrumpfen.

„Kommt endlich", hörten sie Müzls Stimme aus der Wurzel, die sich nun wie ein brauner dunkler runder Gang vor ihnen auftat.

Solstitium – Waldbühnenblues

Langsam öffnete sich mit leisem Knirschen der dunkelgrüne Samtvorhang und im Publikum wurde es augenblicklich still. Cora und David saßen in der sechsten Reihe, um sich die alljährliche Schulaufführung der zehnten Klasse zur Sommersonnenwende anzuschauen. Cora schlug die flauschige blaue Fleecedecke enger um ihre Beine. Es war ein kühler klarer Sommerabend, der die Schwüle des Tages nach einem kurzen Regenguss am frühen Abend abgestreift hatte. Am Nachmittag war sie mit ihrem Sohn Leo im Freibad gewesen und Cora spürte den Sonnenbrand auf ihren Schultern und ihrer Nase deutlich. Sie liebte die Waldbühne, die bereits vom angrenzenden Wald an den Seiten überwuchert wurde. Die Natur nahm sich zurück, was ihr gehörte. Jedes Jahr, so kam es ihr vor, wurde der Zuschauerraum etwas kleiner. Nur die Mücken waren an einem lauen Sommerabend wie diesem eine wahre Plage.

Das Bühnenbild zeigte Pappbäume, einen Thron, der ein wenig an einen Jägerhochsitz erinnerte, sowie ein paar Geröllbrocken aus grauem Pappmaschee. Ein blasser dünner Junge betrat die Waldbühne. Seine Schritte hallten dumpf auf den alten verwitterten Holzdielen bis er stehen blieb und sich dem dunklen Publikumsraum zuwandte. Er konnte die Gesichter der Menschen dort unten nur erahnen, denn die grellen heißen Scheinwerfer blendeten ihn, und er begann unweigerlich, in dem etwas zu großen schwarzen Anzug zu schwitzen. Unbeholfen versuchte er, seiner Stimme Stärke zu verleihen, und holte noch einmal tief Luft, bevor er anfing: „Auf der Bühne des Lebens steht ein Krieger im Schatten eines hohen Thrones. Auf dem Thron sitzt seine Königin. Es ist Abend, die Sonne geht unter."

Die Scheinwerfer wechselten nun die Farbe von Gelb zu einem viel zu kräftigen Rot, als ein pausbäckiger Junge in Rüstung hinter einem Pappbaum hervortrat. Ein Suchscheinwerfer fing ein Mädchen in einem wallenden weißen Kleid ein, das auf dem Thron saß.

Der Krieger fuchtelte mit seinem Schwert durch die Luft und sagte mehr zu sich selbst als an das Publikum gewandt: „Die Seele ist auf der Suche nach Frieden. Sie leidet an der Heimatlosigkeit, der sie ausgesetzt ist seit langer Zeit."

Dann drehte sich der Junge zum Thron: „Und an dir, o meine Königin, denn du raubtest mir den Sinn für alles Schöne und was ich bin. Du hast mich stets gemieden, dich aber nie von mir geschieden. Nur in der Verborgenheit, in der Nächte dunklem Kleid, durfte ich bei dir liegen. Doch was ist nach all dem geblieben? Nichts als nackte Einsamkeit." Mit beschwörender Stimme fuhr er fort: „Meine Seele will nur dich, meine Teure. Ich seh in meinem Traum dich Nacht und Tag. Du entziehst dich, wie sehr ich auch beteure, dass ich für dich mehr als mein Leben wag. Glücklich, wenn ich die ganze Welt verfeure, um die Liebe aus düsterem Verschlag, emporzuheben im wilden Spiel vereint. Denn das Schicksal hat uns diese Freud verneint. Meine Geduld stellst du auf schwere Proben. Genug nun der heimlichen Versprechen! Du wirst mir jetzt deine Treue geloben. Was vorenthalten, wird sich bald rächen. Die aufgestaute Lust, von dir verschoben, soll unsre Lebensgeister zerbrechen. Auf dass der Tod uns gnädig wird empfangen! Steig nun von deinem Thron, du brauchst nicht bangen."

Die Königin antwortete ihm vom Thron herab: „Ich komme gern, wie du befiehlst, denn das Band, das uns umgibt, ist stärker als die Angst. Lass uns nun eilen, dem Tode zugewandt. Was auch immer du heut von Mein verlangst, ich nehm den Schierlingsbecher aus deiner Hand. Mach schnell, mein Freund, bevor du doch noch wankst. Versprich mir: Der Tod soll nicht das Ende sein, sondern in ihm werd ich nun wahrhaftig Dein." Die Königin erhob sich langsam und stieg vorsichtig die wackeligen Stufen hinunter. Der Krieger zog eine kleine Flasche aus seinem Gewand und reichte sie ihr.

„Soll ich es wagen? Mein Herz ist voller Zweifel." Sie sah prüfend die Flasche an.

Der Junge, der als Krieger verkleidet war, sagte: „Vertraue mir!" Doch seine Stimme klang kraftlos und statt das Mädchen anzusehen, sah er auf seine Schuhe.

Zögernd setzte sie die Flasche an den Mund, trank und gab sie an ihn weiter, der den Rest lehrte. Kurz standen sie noch fest umschlungen da, stürzten schließlich wie leblos zu Boden. Für einen Moment wurde es dunkel auf der Bühne. In leichte helle Tücher gehüllt schwebten die Königin und der Krieger hinter der Rüstung und dem aufgebauschten Kleid, das nun wie eine Puppe am Boden lag, hervor, als ein schwaches Licht die Bühne wieder erleuchtete, und reichten sich die Hände.

„Sollen das ihre Seelen sein?", fragte Cora leise.

David zuckte nur mit den Achseln.

Der Erzähler betrat erneut die Bühne und erklärte: „Die Nacht ist nun hereingebrochen. Drei Geister umtanzen die beiden Seelen."

„Da hörst du's", sagte David zu Cora.

Ihr Sohn Leo und zwei Mädchen, alle in graue lange Gewänder gehüllt, tanzten über die Bühne.

Leo sagte: „Kommt, wir geleiten euch zur ewgen Ruh, dort werdet ihr eure Liebe genießen. Aus tausend Knospen wird sie sprießen. Dort braucht ihr weder Schuh noch groß Gepäck. Denn es gibt kein Versteck, das ihr aufsucht auf der Flucht oder wegen Eifersucht." Eines der Mädchen fügte spöttisch hinzu: „Hör dir an die beiden, sie reden wie vor Zeiten. ,Die Liebe schafft Leiden, sie hat keine guten Seiten.' So erhoffen sie vom Tod Erlösung aus der Not. Zu dumm sind die Leute, genießen nicht die Freuden, verachten das Heute, das sie somit vergeuden. Sind zu feige zu leben, woll'n nach Erlösung streben."

Das andere Mädchen stolperte über ihr langes Gewand, konnte den Sturz aber noch abfangen, und sagte mit zitternder Stimme: „Doch nicht gemeinsam, denn im Leben habt ihr versagt, so werdet ihr auch im Tode verklagt."

Cora flüsterte David zu: „Es ist echt schlimm, wenn Kinder, die vollkommen talentfrei sind, zu sowas gezwungen werden. Diese gestelzte Sprache ist ja fürchterlich. Die ist so aufgeregt, dass sie gleich ohnmächtig wird."

„Hoffentlich nicht", gab David zurück, „ich habe heute meinen freien Tag." Er legte Cora seine Hand auf ihr Knie. Sie war froh, dass David sich den Abend freigenommen hatte. Er arbeitete als

Arzt im Kreiskrankenhaus und hatte für seine Familie viel zu wenig Zeit.

Zu dritt begannen die Geister zu singen: „Kommt her beide, ich seh Seide, weiß schimmert sie, das glaubt ihr nie, in eurem Sarg, der ist nicht karg. Die Körper schön bleich anzusehn. Lasst euch verwöhn, ich muss gestehn, der Tod ist gut. Er fordert Blut. Zahlt ihm Tribut."

Das Mädchen mit der zitternden Stimme sagte: „Nein, nein, seht selbst, was euch erwartet: Strafe oder Lohn. Wer weiß das schon? Kitschiges Liebesgestöhne. Dass ich nicht lache, die Glut entfache, für diese Sache. Damit das Grab sie versöhne und ich sie ewig verhöhne."

Der Tanz der drei Geister wurde immer wilder. Sie versuchten, die beiden Seelen voneinander zu lösen.

Leo rief: „Versager wart ihr! Selbst jedes Tier kennt seine Bestimmung hier. Aber ihr werdet bleiben, was ihr im Leben wart. Ein feiges Pack! Das trifft euch hart."

Und das Mädchen sagte: „Kommt zur Ruhe in der hölzernen Truhe. Sie wird euch erlösen. Lasst los und vertraut uns Bösen! Oder sind wir die Guten? Dann solltet ihr euch sputen!"

„Ist das sowas wie Romeo und Julia in Modern?", fragte David.

„Du bist auch nicht gerade ein Blitzmerker, oder?", entgegnete Cora kichernd. „Was soll es denn sonst sein? Obwohl das bei Romeo und Julia etwas anders war, glaube ich."

„Dann müsste es jetzt ja eigentlich vorbei sein." David sah auf seine Armbanduhr.

„Es hat doch gerade erst angefangen."

„Aber alle sind tot."

„Können Sie bitte ihre Gespräche einstellen?", zischte eine Frau, die hinter ihnen saß.

Cora verdrehte die Augen.

Das Mädchen mit der zitternden Stimme trat nun nach vorne an den Bühnenrand: „Wer weiß, was kommen mag? Was erwartet euch im Sarg? Nichts ist sicher, nur höhnisches Gekicher. Erwartet euch dunkle Leere? Oder ist es der helle Tag voller Farben, ohne Schwere?"

Die Königin und der Krieger versuchten, sich von den Geistern zu befreien, aber sie konnten sie nicht vertreiben. Ihre Schreie waren stumm und sie wehrten sich wie Pantomime, während die Geister laut kicherten und tanzten.

Ein Junge mit einer großen Wurzel auf dem Kopf betrat die Bühne.

„Was ist das für ein Waldschrat?", wollte David wissen.

Cora nahm das Programmheft zur Hand. „Das wird wohl der Gott des Waldes sein", las sie vor.

Der Gott des Waldes sprach: „Haltet ein, ihr Dämonen über Leben und Tod, die ihr die Seelen zu verwirren droht!"

Die Geister unterbrachen für einen Moment ihren Tanz. Der Junge mit der überdimensionalen Wurzel auf dem Kopf war in Felle gehüllt und schichtete einige Zweige auf, die auf der Bühne lagen. Dann sagte er laut und gebieterisch: „Nehmt Platz, alle! Hört auf zu gaffen, lasst uns erschaffen, was niemand für möglich hält. Ganz so, wie es uns gefällt. Hier im Schein des Feuers liegt der Beginn des Abenteuers." Er legte eine kurze Pause ein.

Für einen Moment befürchtete Cora, dass er seinen Text vergessen hatte, doch dann fuhr er fort: „Romeo und Julia sind vergangen. Auch all die and'ren tragischen Gestalten. Und doch scheint mir, bleibt stets das Verlangen, über unerfüllte Liebe zu bangen. Die Stärke fehlt im Leben, selbst zu walten, sich nicht im Netz anderer zu verfangen, sondern sich durchzusetzen ohne Bangen. Auch wenn alle and'ren nichts davon halten, den Freitod zu wählen aus Angst vorm Leben und nicht nach and'ren Lösungen zu streben, scheint töricht, denn es wird nicht vergeben, wenn wir uns nur im Selbstmitleid verfangen." Nun wandte er sich direkt den Seelen der Königin und des Kriegers zu: „Doch heute woll'n wir ein Exempel statuieren. Ihnen zu einer neuen Chance gratulieren, wenn sie mit uns eine Geschichte ausprobieren. Das Schicksal wird hinweggewischt, die Karten noch einmal gemischt."

Die Geister traten neugierig näher. Der Gott der Wälder warf Kräuter oder Grasbüschel in die Flammen und im Rauch erschien ein großes graues Tor.

Er fuhr fort: „Eine and're Zeit! Macht euch bereit! Das Spiel beginnt! Kommt her geschwind! Die Äste glüh'n, die Funken sprüh'n, wie Lebensgeister, frei, ohne Meister. Schnell wie der Wind, die Zeit verrinnt." Er drehte sich nun schnell im Kreis und rief: „Übernehmt die Rollen, die euch belieben. Es ist leicht, wir woll'n es nicht verschieben. Macht euch vertraut, mit des Schicksals Spiel, und schon nähern wir uns dem Ziel!"

Der Rauch nahm zu und schließlich war die Bühne ganz eingehüllt. Nur noch das große graue Tor war sichtbar, das sich langsam öffnete.

David beugte sich zu seiner Frau herüber: „Die Dialoge werden bei den Theaterstücken von Jahr zu Jahr auch nicht besser. Reim dich oder ich fress dich!"

Cora konnte sich ein Lachen nicht verkneifen und nickte: „Hauptsache, sie haben ihren Spaß."

David grinste zweifelnd. Ihr Sohn Leo, der den ersten Geist in dieser Schulaufführung spielte, stand etwas unschlüssig bei dem lodernden Feuer und starrte in den angrenzenden Wald, statt wie die anderen auf das Tor zu schauen, das sich gerade in der Mitte der Bühne öffnete. Besonders spaßig sah das nicht aus.

„Wer hat das überhaupt geschrieben?", flüsterte Cora und blätterte durch das Programmheft.

„Die Klasse 10a."

„Ich kann mir nicht vorstellen, dass die sowas tatsächlich zu Papier gebracht haben. Das klingt doch eher nach ihrem alten Latein- und Deutschlehrer."

„Psssst!", zischte die Frau hinter ihnen erneut.

Cora zog eine Augenbraue nach oben und schüttelte sachte den Kopf.

„Und das ist doch erst der Anfang, fürchte ich", fügte David mit Blick auf seine Armbanduhr hinzu. „Hier steht, es dauert 90 Minuten ohne Pause. Wir haben erst eine Viertelstunde überstanden."

Die alljährliche Theateraufführung auf der Waldbühne war für viele Familien Pflichtprogramm. Nicht nur für diejenigen, deren Kinder an der Aufführung beteiligt waren, sondern auch alle anderen kamen, da in dem kleinen Ort sonst fast nichts geboten wurde. Die Klasse 10a hatte dieses Jahr ein Theaterstück mit dem Titel „Solstitium - Waldbühnenblues" einstudiert und Cora fragte sich, was es mit dieser sonderbaren Überschrift wohl auf sich hatte. Schon beim ersten Lesen des Titels musste sie mehrmals genau hinschauen, um das erste Wort richtig und flüssig auszusprechen. Sie war von Anfang an dagegen gewesen, dass Leo auf das humanistische Gymnasium ging, wo alle so vergeistigt waren, wie sie fand. Altgriechisch und Latein auf dem Lehrplan und dazu auch noch Philosophie. Ein bisschen Fußballspielen würde den Jungs doch viel besser tun, da war sich Cora sicher.

Offenbar hatte jemand ein bisschen zu viel Trockeneis in den hinter dem Feuer versteckten Behälter gefüllt, denn die ganze Bühne war nun in undurchdringlichen Nebel gehüllt und die Schauspieler nicht mehr zu sehen. Der Nebel wurde immer dichter, sodass schon die ersten Reihen im Zuschauerraum darin verschwanden. Unweigerlich musste sie kichern.

„Bühnentechnik muss eben auch gelernt sein", raunte sie David zu.

Der Geruch des Trockeneises stieg ihnen in die Nase, nur noch drei Reihen, dann würde der Nebel auch sie einhüllen. Einige Zuschauer in den ersten Reihen begannen zu husten und Cora wurde zunehmend nervös. Was sie eben noch belustigend fand, wirkte nun plötzlich bedrohlich. Dichter und dichter wurde der Nebel und kroch immer weiter auf sie zu. Die ersten Zuschauer aus den vorderen Reihen tauchten jetzt im Mittelgang auf, um die Flucht zu ergreifen vor den weißen sich aufbauschenden Nebelwolken. Auch ihnen reichte es. Eine Frau drückte sich ein Taschentuch vor den Mund und keuchte. Wenn dieser Vollidiot von Bühnentechniker oder Hausmeister oder wer auch immer dafür verantwortlich war, nicht sofort den Behälter mit Trockeneis schloss, würde Cora aufstehen und gehen. Sie griff nach Davids Hand.

„Hast du Angst?", fragte er amüsiert, „das ist doch nur ein bisschen Trockeneis."

„Ein bisschen zu viel Trockeneis, meinst du wohl", erwiderte Cora verärgert, „ich gehe gleich nach Hause, wenn das so weitergeht. Du kannst gerne noch hierbleiben und dich am Nebel erfreuen."

Er tätschelte ihre Hand: „Immer mit der Ruhe, Kleines."

„Nenn mich nicht so!", fauchte sie. Auch unter den anderen Zuschauern weiter hinten im Raum wurde es zunehmend unruhig und ein allgemeines Gemurmel war zu vernehmen. Endlich verzog sich der Nebel. Cora wedelte mit dem Programmheft vor ihrem Gesicht herum.

„Wurde auch Zeit", brummte sie noch immer sauer. Sie spürte einen stechenden Schmerz in den Schläfen, der sich langsam über die Stirn ausbreitete. Bitte jetzt kein Migräneanfall, dachte Cora frustriert und schloss die Augen. Sie fühlte sich mit einem Mal so müde. Die Schmerzen wurden stärker, dazu kam heftige Übelkeit. Plötzlich erloschen alle Lichter und es wurde schwarz um sie herum.

„David?", nuschelte sie schlaftrunken, doch sie konnte ihren Mann mit den Augen nicht mehr fixieren, alles war stockfinster. Geräusche drangen an ihr Ohr wie durch einen dicken schweren Vorhang. Weit weg, alles war weit weg. Cora schien es, als bewege sie sich schwebend durch den Raum. Da war ein Licht. Dort hinten bei dem halbgeöffneten Tor. Es zog sie magisch an. Dort musste sie hingelangen. Immer dem Licht entgegen.

Als sie wankend durch das Tor trat, wurde sie von tosendem Applaus begrüßt. Scheinwerfer blendeten sie, sodass sie nur wenige Meter weit sehen konnte. Sie sah sich um und fand sich auf einer großen Bühne wieder, auf der sie stand. Der Zuschauerraum lag in vollkommener Dunkelheit. Neben sich entdeckte sie einen Thron. Im heißen Scheinwerferlicht traten ihr Schweißperlen auf die Stirn. Instinktiv wollte sie die Flucht ergreifen. Sie drehte sich um, doch da war kein Tor, sondern nur eine Wand.

„Anfangen!", rief jemand aus der Dunkelheit und andere stimmten ein in den Chor. „Anfangen! Anfangen!" Das Publikum musste riesig sein. Die Stimmen hallten durch den Raum, sie kamen von vorne, von den Seiten, von oben und wurden von den Wänden zurückgeworfen, wie in einem großen Gewölbe. Cora wurde sich gewahr, dass sie die Hauptrolle in einem Stück spielte, dessen Ausgang sie nicht kannte. Oder war es das Stück einer anderen Person und sie nur eine kleine Nebenrolle? Wer war sie überhaupt?

„Ich habe Angst", sagte sie leise, doch Mikrofone verstärkten ihre Stimme um ein Vielfaches. „Ist dies die Bühne des Lebens?"

Kurzgeschichten

Der Kampf war vorbei

Endlich konnte er es sich mit einer Flasche Bier auf dem Sofa bequem machen und den Fernseher einschalten. Sonntagabend – das hieß „Tatort"-Zeit im Ersten. Genug der Kämpfe und Auseinandersetzungen, jetzt wollte er sich entspannen. Die letzten 30 Ehejahre waren ein stetiges Auf und Ab gewesen, wobei in den letzten Jahren die Tendenz immer mehr in Richtung Ab ging. 20:15 Uhr – auf die Minute genau ertönte die bekannte „Tatort"-Titelmelodie, und der Vorspann flimmerte über den Bildschirm. Es war ein Unfall gewesen. Mehr oder weniger jedenfalls. Aber ob die Polizei das glauben würde? Er versuchte, sich auf die Handlung im Film zu konzentrieren, als er ein unangenehmes Ziehen in der Magengegend verspürte.

Was ihm in den „Tatort"-Folgen schon des Öfteren negativ aufgefallen war, war der Umstand, dass fast nie gezeigt oder erklärt wurde, wie eine Leiche an den Ort gekommen war, wo die Polizei sie später auffand, sinnierte er. Die Leiche lag einfach im Wald und wurde dort von einer Spaziergängerin, die typischerweise mit einem Hund unterwegs war, gefunden. Oder sie war beim Bau eines Gebäudes einbetoniert worden und tauchte Jahrzehnte später beim Abriss des Hauses plötzlich auf. Vielleicht hing sie auch an einem Dachbalken, weil der Täter es wie Selbstmord aussehen

70

lassen wollte. Oder sie sank mit Steinen um den Leib gebunden auf den Grund eines Sees, wo sie allmählich von Fischen zerfressen wurde, aber wegen der Fäulnisgase doch früher oder später wieder nach oben trieb. Das Vergraben in Blumenbeeten kam auch ab und zu vor. Manchmal wurden auch nur Leichenteile gefunden, die jemand zersägt in einem Koffer weggeschleppt hatte. Aber wie die Leiche zersägt worden war, also ganz konkret, oder wie es jemand geschafft hatte, den leblosen Körper zu bewegen oder in den See zu werfen, wurde nie gezeigt. So oder so stellte er sich das ziemlich schwierig vor.

Er rülpste laut. Etwas grummelte in seinem Darm.

Während er über Leichenbeseitigung bisher nur theoretisch nachgegrübelt hatte, stellte sich die Frage nun ganz praktisch. Veronika war eine tolle Frau gewesen. Und ihr Pilzragout, das sie ihm erst heute Mittag wieder serviert hatte, war wie immer ganz ausgezeichnet gewesen. Kochen konnte sie.

Er ächzte und rieb sich den Bauch. Die Schmerzen wurden stärker, bis er schließlich vom Sofa aufstand und sich streckte. Doch auch das half nichts. Ein Kräuterschnaps würde der Verdauung bestimmt auf die Sprünge helfen.

Er ging in die Küche und stieg über Veronikas Körper. Die Blutlache, in der ihr Kopf lag, war noch etwas größer geworden. Wieso war sie auch so prüde gewesen? Erst hatte sie ihm das Pilzgericht liebevoll und fürsorglich aufgetischt, sogar noch einen Nachschlag gegeben, und als er dann versucht hatte, sie auf seinen Schoß zu ziehen, wehrte sie sich plötzlich, die blöde Schlampe. Es war doch wohl sein Recht, sie zu nehmen, wann immer er wollte. Schließlich waren sie verheiratet. Dann war es zum Streit gekommen und er hatte zugeschlagen. Erst mit der flachen Hand, aber als sie das nicht gefügig machte, hatte er die Faust genommen. Er konnte ihr Gezeter und Geschrei nicht mehr ertragen. In letzter Zeit war es häufiger vorgekommen, dass ihm mal die Hand ausgerutscht war. Blöd, dass sie nach hinten gestolpert und mit dem Kopf auf die Marmorplatte geknallt war. Genau genommen war es doch nur ein Unfall gewesen.

Er krümmte sich plötzlich zusammen und stöhnte. Wo kamen bloß diese verdammten Magenschmerzen her? Er griff nach der Schnapsflasche und trank gierig. Der Alkohol brannte in der Kehle.

Was sollte er mit ihrer Leiche tun? Er hatte keinen Plan, aber ins Gefängnis wollte er auch nicht. Er griff mit zittrigen Händen nach ihren Fußgelenken und hob die Beine an. Dann versuchte er, ihren Körper ein Stück zu ziehen. Es ging schwerer, als er erwartet hatte, und das Blut hinterließ eine hässliche Schleifspur auf den Fliesen. Mit seinem Bauchweh würde er das sowieso nicht schaffen.

Da fiel sein Blick auf ihr Mobiltelefon, das auf dem Tisch lag und vibrierte. Eine Nachricht von Ricky68: „Hat es geklappt? Wieso meldest Du Dich nicht, Liebes?" Was wollte dieser Kerl von seiner Veronika, und was hatte geklappt?

Er spürte Übelkeit in sich aufsteigen, kalter Schweiß schien aus jeder seiner Hautporen zu quellen, und sein ganzer Körper begann zu zittern. Er sank vor Schmerzen auf die Knie und erbrach sich schwallartig. Die braune Brühe aus Pilzen stank erbärmlich, und ihm schossen Tränen in die Augen. Die Krämpfe wurden immer stärker, und sein Herz fing an zu rasen. Ihm war es, als wollten seine Eingeweide zerplatzen.

„Sie hatte einen anderen", schoss es ihm durch den Kopf, „und sie hat mir Gift ins Essen gemischt, um mich loszuwerden, die undankbare Schlampe." Ächzend würgte er erneut. Das Atmen wurde immer schwerer. Er röchelte und wälzte sich vor Schmerzen über den Boden.

„Was hätte sie bloß mit meiner Leiche gemacht?", war sein letzter Gedanke, bevor er bewusstlos wurde.

Der Makel

Mara, ich hätte sie Mara genannt. Oder Felix, vielleicht hätte ich ihn Felix genannt.

Frau Schulz stand allein am Fenster und ließ ihren Blick durch den Regen über den wolkenverhangenen brandenburgischen Himmel zur Straße hin schweifen. Schon seit einigen Tagen wollte es nicht mehr aufklaren. Die Einfamilienhäuser mit ihren gepflegten Vorgärten standen stramm in Reihe und Glied, unter den Carports präsentierten sich die schicken Neuwagen. Alles auf Pump gekauft, vermutete sie, wie bei ihnen selbst auch. Schnurgerade verlief die Asphaltstraße. Vier Jahre nach der Wende von einem fantasielosen Ingenieur auf dem Reißbrett geplant, mit Zäunen und Hecken, die in den letzten Jahren immer höher geworden waren.

Als Frau Schulz näher an die Scheibe trat, sah sie ihr eigenes Spiegelbild im Dämmerlicht. Die müden Gesichtszüge, die von ihren braunen welligen Haaren eingerahmt wurden. Sie versuchte, zu lächeln und ihrem Blick Leben einzuhauchen, doch es gelang ihr nicht. Der Sturm trieb den Regen an die Scheibe und die Tropfen schienen über ihre Wangen zu perlen.

Sie ließ ihre Gedanken kreisen. Ich habe zwei wunderbare Kinder, versuchte Frau Schulz sich selbst aufzumuntern. Darüber kann ich doch wirklich froh sein. Nina wird nächstes Jahr nach dem Abi eine Banklehre beginnen und Tobias, der Jüngere, möchte Automechaniker werden. Sie drehte sich um und ließ den Blick durch das Zimmer schweifen. Eine alte Kommode und ein braunes Sideboard waren die einzigen Möbelstücke. Auf dem Sideboard stand ein Barockengelchen aus Porzellan mit roten Pausbäckchen und goldenen Flügeln, das sie einmal beim Wichteln in der Firma zu Weihnachten bekommen hatte. Ansonsten war der Raum vollkommen leer.

Damals, vor zehn Jahren, war die Entscheidung bestimmt richtig gewesen, sagte sich Frau Schulz erneut und seufzte. Ein drittes Kind, wo doch Nina und Tobias endlich aus dem Gröbsten raus waren, hatte überhaupt nicht in ihre Familienplanung gepasst. Als ihre Menstruation ausgeblieben war und ihr der Schwangerschaftstest, den sie in zittrigen Händen gehalten hatte, Gewissheit gegeben hatte, war sie in Tränen ausgebrochen. Ausgerechnet jetzt, wo ihr Leben endlich etwas leichter wurde, die Kinder selbstständiger waren und sie endlich abends mit ihren Kolleginnen oder auch mit ihrem Ehemann Herbert wieder ausgehen konnte, hatte sie verzweifelt gedacht. Erst wenige Wochen zuvor hatten sie nach über zehn Jahren Wartezeit den lang ersehnten Trabi bekommen, mit dem sie im Sommer an die Ostsee fahren wollten. Sollten sie noch einmal ganz von vorne anfangen? Mit Windeln wechseln und Babygeschrei in der Nacht? Herbert hatte sie damals in ihrer Meinung bestärkt. Ein weiteres Kind würde alles durcheinanderbringen. Die Plattenbauwohnung, in der sie noch Ende der 80er-Jahre gelebt hatten, war schon für vier Personen viel zu eng.

Frau Schulz nahm das Barockengelchen in die Hand und wog es. Es war so leicht und verletzlich. Das Porzellan fühlte sich kalt an. Und glatt wie Haut.

„Es ist doch nur ein Embryo. Ein Zellhaufen, der sich bei dir versehentlich eingenistet hat", hatte ihre damalige Freundin gesagt. „Dieses Missgeschick lässt sich leicht korrigieren. Das machen doch alle." Und tatsächlich war die Angelegenheit dank Erich Honeckers „Geschenk zum Frauentag" in nur wenigen Minuten erledigt. Herbert hatte sie mit dem nagelneuen Trabi in der Klinik abgeholt. Auch wenn sie noch etwas benommen von der Narkose gewesen war, hatte sie doch Erleichterung verspürt, dass ihr Leben in den geplanten Bahnen weiterlaufen würde. Sie und Herbert verloren nie wieder ein Wort über diese Sache, und sie selbst dachte in den nächsten Jahren kaum mehr daran. Dafür blieb auch gar keine Zeit, denn der Mauerfall brachte so viel Neues mit sich. Sie konnten jetzt Reisen machen, fanden neue Arbeit und verdienten mehr Geld. Vieles schien sich für sie zum Besseren zu wenden.

Als Frau Schulz das Engelchen auf das Sideboard zurückstellen wollte, glitt es ihr aus der Hand und fiel zu Boden. Verflucht, entfuhr es ihr. Sie bückte sich, um die Porzellanfigur aufzuheben. Nur ein klein wenig Lack war vom goldenen Flügel abgeplatzt. Sicher konnte sie den wieder ankleben. Niemand würde den Makel bemerken.

Vier Jahre nach der Wende hatten sie sich dann endlich ihren großen Traum erfüllt und dieses Haus auf Kredit gekauft. Es war großzügig geschnitten und jedes Kind bekam ein eigenes Zimmer. Frau Schulz hatte große Freude daran gehabt, alles einzurichten.

Nur im ersten Stock, neben den beiden Kinderzimmern und dem Bad, blieb dieser eine Raum übrig, in dem sie nun stand, für den sie keine Verwendung fand. Für ein Arbeitszimmer schien er ihr zu groß, für ein Gästezimmer zu klein. Als Abstellkammer war er zu schade. So war das Zimmer über die Jahre hinweg ungenutzt geblieben, verwaist. Seit absehbar war, dass Nina und Tobias bald ausziehen würden, zog es sie immer häufiger hierher. Dann ergriff sie eine Traurigkeit, so als hätte die Ärztin damals mit der Kürette einen Teil ihrer Seele mit ausgeschabt. Sie lehnte sich mit dem Rücken gegen den Heizkörper. In ihrem Unterleib und ihren Beinen breitete sich Wärme aus. Dennoch fröstelte sie und sie zog die Strickjacke fester um sich herum.

Felix, ich hätte ihn Felix genannt. Oder Mara, vielleicht hätte ich sie Mara genannt.

Leefkes Wurzeln

Feucht hingen Nebelschwaden zwischen den Zweigen, gefangen in einem Gewirr aus nassen braunen Blättern, in denen längst kein Leben mehr war und die bald schon zu Boden sinkend die knorrigen dunklen Äste der Eichen entblößen würden. Reglos ließen die Gräser am Wegesrand ihre grünen Halme hängen, als warteten sie ratlos und geduldig auf das, was der Herbst unausweichlich bringen würde: Kälte und Sturm. Doch im Moment bewegte kein Windhauch die Luft.

Leefke stapfte mit trägen Schritten über den aufgeweichten Weg, machte sich nicht die Mühe, die Pfützen zu umgehen, schlurfte durch sie hindurch, als wären sie gar nicht da. Ihre braunen Lederstiefel waren schlammig, besprenkelt mit grauen und braunen zum Teil bereits eingetrockneten Spritzern und frischen nassen Schlammklumpen um die Sohlen. Ihre Stiefel wühlten das erdfarbene Wasser auf, hinterließen Rinnsale, die langsam im durchtränkten Boden versickerten. Kraftlos waren ihre Schritte, so als trüge sie eine Last auf den schmalen Schultern, die sie hinunterdrückte und gegen die sie verzweifelt versuchte anzukämpfen, und die sie doch nicht abzuwerfen vermochte. Kein Vogelgezwitscher war zu hören, nur Leefkes Atem, der weiße Wölkchen bildete. Sie lief ohne ein Ziel, ihre Beine trugen sie weiter und weiter. Nur weg – weg von hier.

Sie hob für einen kurzen Moment den Blick, sie wusste, dass sich hinter dem Nebel die schroffen grauen Berge verbargen, die ihre schneebedeckten Spitzen in den Himmel bohrten. Geröll und scharfe Kanten auf den Kämmen, weiter unten die Fichtenwälder. Jetzt war all das versteckt, verhüllt hinter sanften Schleiern, und doch wusste sie, dass sie da waren, diese grauen Riesen, die den Blick auf den Horizont verbargen. Sie konnte sie förmlich spüren.

Leefke beschleunigte ihre Schritte. Sie war sich sicher, dass der Weg sie wieder nach Hause führen würde. Nach Hause? Sie schloss für einen Moment die Augen. Zu Hause war weit weg im Norden. Über 1.000 Kilometer. Mindestens zehn Stunden Fahrt, eher mehr. Da, wo die Möwen in der Brandung kreischten, die Fischer ihre Netze flickten, und an einem Tag wie diesem? Ja, an einem nebeligen Tag wie diesem saßen sie mit ihren Familien in den warmen Stuben und tranken schwarzen Tee mit Rum. Die Wellen rauschten am Strand, und auch wenn weiße Schleier den Horizont verbargen, so wusste sie doch, er war da. Sobald die Nebelfelder sich verzogen, gab es nichts mehr, was das Auge störte, den Blick ablenkte von der Weite. Ab und an erspähte sie ein Schiff in der Ferne als winzigen Fleck über blau grünen Untiefen, deren tatsächliche Tiefe man nur erahnen konnte.

Doch hier standen die Berge wie Mauern zwischen ihr und dem Horizont. Ihre Füße trugen sie weiter. Sie musste laufen und laufen, in Bewegung bleiben. Die Angst, dass sie nicht mehr aufstehen würde, wenn sie zu lange innehielte und verweilte. Dann würde sie irgendwo sitzen bleiben und vollends erstarren. Erstarren zu einem dieser grauen Felsblöcke, die den Weg säumten. Mit der Zeit würde das Moos auf ihr wuchern, Käfer über sie krabbeln, Spinnen ihre zarten Eier, umsponnen mit einem Kokon, in ihre Ritzen legen. In einem weichen zarten Kokon müsste man schlafen und ausruhen. Und Leefke würde sich auflösen – endlich. Dessen war sie sich vollkommen sicher, doch das durfte nicht passieren – noch nicht. Ihre Kinder waren hier und ihr Mann, den sie einst so sehr geliebt hatte, dass sie ihm bis nach Süddeutschland gefolgt war. Sie hatte geglaubt, dass die Liebe sie tragen und das Heimweh mit den Jahren verblassen würde. Aber stattdessen war die Liebe erbleicht, diese zarte Rose, die man hegen und pflegen musste, damit sie nicht welkte. Leefke fühlte sich immer häufiger wie eine Ertrinkende, die nach Luft schnappte. Nach Seeluft. Der Geruch nach Algen, Fisch und morschem Holz, das über Tausende von Kilometern aus fernen Küsten angeschwemmt wurde.

Eine blonde Haarsträhne klebte nass an ihrer Stirn, der Nieselregen kühlte ihr Gesicht und ließ ihre Wangen rot glühen. Sie beschleunigte ihre Schritte. Plötzlich vernahm sie den Schrei eines Vogels. Er zerfurchte die Luft und drang bis an ihr Ohr. Ein Möwenschrei? Unmöglich. Und doch trieb dieser Schrei ihr die Tränen in die Augen. Sie konnte ihr Weinen nicht länger unterdrücken und schluchzte. Die Beine wurden immer schwerer, wollten sie nicht weiter tragen auf diesem Rundweg, der sie zurück zu ihren Kindern und ihrem Mann führen sollte. Sie wischte sich mit dem Handrücken die Nase ab und blieb schließlich stehen. Da stand sie mitten auf dem Weg im Regen und ihre Füße wollten nicht vor noch zurück. Sie ließ ihren Blick über die Bäume gleiten, die Buchen und Eichen. Plötzlich war es ihr, als sähe sie Konturen von Gesichtern in den grauen und braunen Stämmen. Die Zweige wiegten sanft, als wollten sie sie warnen mit ausgestreckten Armen. Alles arme von Heimweh geplagte Kreaturen, die vor Traurigkeit nicht mehr weiterkonnten? Die geblieben waren, weil ihre Beine sie nicht mehr tragen konnten, gelähmt von der Ohnmacht und Schwere in sich selbst?

Und dann geschah es.

Leefke spürte zunächst ein leichtes Kribbeln in den Zehen. Sie sah zu ihren schmutzigen Stiefeln hinab. Ihre Zehen schienen zu wachsen und die Schuhe wurden viel zu eng. Schließlich riss die Naht zwischen Sohle und Leder und ein zarter brauner Wurzelfaden kam aus ihrem Stiefel hervor, schlängelte sich einige Zentimeter über den Boden, so als suche er eine passende weiche Stelle in der Erde und verschwand dann im schlammigen Erdreich. Leefke schrie auf und versuchte, wegzulaufen, doch weitere Wurzeln waren schon aus ihren Füßen gewachsen und verankerten sie fest mit dem Boden. Ihre Beine wurden allmählich steif. Bald konnte sie nur noch die Arme sanft bewegen, die sich in Äste verwandelt hatten. Ihr Mund wurde zu einer Baumhöhle, in der schon bald ein Eichhörnchen sein Zuhause finden würde. Plötzlich durchbrach ein Sonnenstrahl den weiß grauen Schleier und legte sich auf Leefkes Rindengesicht. Eine sanfte Wärme, ganz unverhofft, zerriss den Nebel wie ein Fingerzeig aus den Weiten des Himmels über ihr. Sie spürte die Kraft der Sonne zart auf ihren Blättern und atmete tief ein.

Mit der Zeit vergaß sie ihren Namen und wer sie war. Die Erinnerung an ihre Familie verblasste. Auf den Herbst folgte der Winter, und sie schlief fest unter der Schneedecke bis zum Frühling, der die Säfte in ihr zum Rauschen brachte. Im Sommer genoss sie die Wärme und Ruhe. Der Rhythmus der Jahreszeiten wurde zu ihrem eigenen Herzschlag.

Viele Jahrzehnte später kamen Holzfäller in den Wald. Sie fällten eine Eiche, die mitten auf dem Weg gewachsen war und nahmen ihren Stamm mit. Zusammen mit vielen anderen Stämmen wurde er mit dem Güterzug bis zu einer Werft im Norden gefahren. Ein erfahrener Bootsbauer kaufte das Holz, um mit seinem Sohn eine Jolle zu bauen.

„Wie soll dein Boot heißen?", fragte der Bootsbauer den Jungen.

Der strich über das Holz, überlegte eine Weile und antwortete fest: „Leefke."

Last Xmas

Pünktlich, zwei Tage vor Heiligabend, war der Schnee fast vollständig geschmolzen. Ende November und bis in den Dezember hinein hatte Lara jeden Tag, bevor sie zur Arbeit ins Verlagshaus ging, Schnee schaufeln müssen. Der Gedanke an eine weiße Weihnacht war das Einzige gewesen, was sie bei dieser ihr verhassten Arbeit aufgemuntert hatte. Nieselregen durchtränkte die Mäntel und Mützen der Besucher des Weihnachtsmarktes. Mit missmutiger Miene verkauften die Standbetreiber Glühwein und Bratwurst. Bei diesem Wetter war kein gutes Geschäft zu machen. Menschen mit trüben Blicken, die sich entweder an einen Strand in der Karibik oder nach Weihnachtsstimmung in einer bezaubernden Schneelandschaft sehnten, statt buntem Treiben und kauflustiger Kundschaft. Die letzten Einkäufe mussten erledigt werden. Oder sollte Lara dies doch noch einen Tag hinauszögern? Morgen würde es schließlich auch noch eine Möglichkeit geben, um sich in den Konsumterror zu stürzen und den Kaufrausch zu befriedigen. Ihr Ehemann hatte nicht weiter nachgefragt, wohin sie wollte, als sie die Wohnung verlassen hatte. Vor Weihnachten durfte man die Wohnung heimlich verlassen, dachte Lara. Es könnte ja sein, dass man Überraschungen plante, sozusagen geheime Wichteldienste übernahm. Auf dem nassen Asphalt lag ein Hund im Regen und sah sich die Menschen an, die an ihm vorbeieilten. Was er wohl dachte? Der Hund tat Lara leid. Bestimmt würde auch er lieber zu Hause im Warmen sein. Doch sein Frauchen oder Herrchen war in irgendeinem Kaufhaus verschwunden und hatte ihn vor der Tür im Regen angeleint. Lara kam der Gedanke, den Hund einfach mitzunehmen. Sie würde ihn zu Hause in eine warme Decke wickeln und ihm ein paar Wiener Würstchen geben. Der Gedanke gefiel ihr. Doch leider war ihr Mann ein Hundemuffel. Er mochte überhaupt keine Haustiere. Lichter spiegelten sich in den Pfützen. Lara sah den Roten. Er zog durch die Straße wie ein einsamer Fuchs mit nassem Fell. Ihre Blicke trafen sich, ein Nicken, ein kurzer Gruß. Für einen Moment dachte sie, dass er stehen bleiben würde, um sich mit ihr zu unterhalten. Vielleicht über die letzte Theateraufführung, bei der sie sich zufällig begegnet waren. Gerne wäre Lara mit ihrem Mann ins Theater gegangen. Doch der Hundemuffel war auch ein Theatermuffel. Dem Roten und auch Lara fiel nichts ein, um ein kurzes Gespräch anzufangen, und schon waren sie aneinander vorbei, gleichgültig.

Grau in Grau erhob sich der Kirchturm vor dem Himmel und schien mit ihm zu verschmelzen. Wie an einem Herbsttag, nur dass die wenigen Bäume auf dem Marktplatz kein buntes Laub zeigten, sondern kahl dastanden zwischen den aufgestellten Nordmanntannen mit übergroßen roten Kugeln. Nur die letzten Schneefetzen, schmutzig zertreten, die am Rand lagen, mit pissgelben Stellen, zeigten, dass Winter sein musste. Lara hielt inne und beobachtete die anderen Menschen. Als wären sie auf der Flucht vor Weihnachtsgedudel und Familienzwist, tappten sie durch den Regen, der immer stärker wurde. Vorfreude – Fehlanzeige. Erinnerung an Kindheitstage – ach, wie schön es damals war. Oder nicht?

Eine Freundin kam Lara strahlend entgegen. Ihr fremdvögelnder Ehemann war kurz vor Weihnachten wieder nach Hause gekommen. Na, so ein Glück. Pulverfass aus Hoffnung. Ausgerechnet an Weihnachten. Ob das gut gehen würde? Wahrscheinlich würde er spätestens zu Silvester wieder in den Armen der anderen Frau liegen. Oder gab es das Weihnachtswunder, das Menschen wieder zusammenbrachte? Lara hatte Zweifel. Auch ihr Ehemann hatte sie schon betrogen und es hatte sich herausgestellt, dass der Hunde- und Theatermuffel auch ein Monogamiemuffel war. Sie hatten es irgendwie geschafft, sich doch wieder zusammenzuraufen.

Wo sollte Lara nun hingehen? Intuitiv steuerte sie die Stadtbücherei an. Gut, dass sie geöffnet hatte. Sie setzte sich an einen kleinen Tisch zwischen Günter Grass, John Grisham, Dora Heldt und Gerhard Henschel. Es war angenehm warm und leise. Sie hatte Asyl gefunden zwischen vertrauten Nervensägen, eingefangen zwischen staubigen Buchdeckeln. Auch ihre Bücher standen hier irgendwo und wurden von fremden Händen durchblättert, mitgenommen, zurückgebracht, geliebt, gehasst, mit Gleichgültigkeit, Abscheu oder Neugierde gelesen. Gekauft wurden sie danach jedenfalls nicht – auch nicht als Weihnachtsgeschenk, wie ein Blick auf ihr Bankkonto unschwer erkennen ließ.

Weihnachten könnte ein schönes Fest sein, hätte sie nicht einen Mann geheiratet, der nicht nur ein Hunde-, Theater- und Monogamiemuffel war, sondern auch ein Weihnachtsmuffel, der sie anschrie, wenn sie von Gänsebraten redete, der nicht zum Nachmittagstee mit Stollen erschien, weil die Kinder zu laut und schief Weihnachtslieder sangen. Alles wurde offenbar an diesen kürzesten Tagen und längsten Nächten des Jahres. So hatte sie fluchtartig die Wohnung verlassen, ohne einen Plan zu haben, wohin sie eigentlich wollte.

Sie machte sich ein paar Notizen für eine Kurzgeschichte, an der sie arbeitete, und der Stift, den sie in den Händen hielt, erinnert sie an den Sommerurlaub im Schwarzwald, wo sie diesen Stift gekauft hatte, während der Hunde-, Theater-, Monogamie-, Weihnachtsmuffel, der auch ein Einkaufsmuffel war, auf der Straße gewartet hatte. Danach war sie in Freiburg in ein Museum gegangen und hatte sich beeilt, eine Kunstausstellung anzuschauen, weil der Hunde-, Theater-, Monogamie-, Weihnachts- und Einkaufsmuffel auch ein Museumsmuffel war und ungeduldig mit den Füßen scharrend vor der Tür gewartet hatte.

Und so schweiften ihre Gedanken an diesem Spätnachmittag, zwei Tage vor Heiligabend, hin und her. In 52 Minuten würde die Bücherei schließen. Wer würde sie dann aufnehmen? Wo würde sie einen neuen Unterschlupf finden? ,Bilder meiner Liebe.' Herndorf rettete sie über die letzten 52 Minuten.

Lara ging zurück zum Marktplatz. Der Bioladen mit dem Café hatte noch bis 19 Uhr geöffnet. Auf dem Weg traf sie einen befreundeten Schriftsteller mit seiner Frau. „Man muss sich an den kleinen Erfolgen festklammern, sonst bricht alles ein", sagte er. Das Weihnachtsgeschäft liefe besser als im letzten Jahr, was seine Buchverkäufe anging. Wahrscheinlich hatte er statt 20 Büchern dieses Jahr 30 verkauft. Lara war ein bisschen neidisch, weil er eine Frau hatte, die in ihrem Job viel Geld verdiente und er es sich leisten konnte, tagelang nur zu schreiben, während seine Frau geduldig die Rechnungen für Lektorate als Selfpublisher bezahlte und jedes seiner Bücher auf das höchste lobte. Laras Mann hatte noch nie eines ihrer Bücher gelesen. Nein, er war kein Lesemuffel. Er las viel. Nur eben keine Bücher, die sie geschrieben hatte.

Auf dem Weihnachtsmarkt ertönte die schrille Musik einer bayerischen Rockband, passend zum unpassenden Wetter grölten sie ihre Lieder in Mundart über die Dächer. Immerhin, ein paar Leute standen tapfer im Regen und bewegten sich mit Glühwein in der Hand und roten Nasen zur Musik. Zu tanzen traute sich keiner.

Lara bestellte sich einen Cappuccino im Café des Biomarktes. Kein cooles Szenecafé für eine Möchtegern-Autorin. Stillos, unkreativ, einfallslos und zugig. Immer, wenn Leute durch die automatischen Glastüren mit ihren Einkaufswagen hereinkamen, pfiff ein kühler Wind herein. Der trockene Tannenzweig auf dem Tisch nadelte.

„Ach, hier bist du." Vor ihr stand plötzlich der Hunde-, Theater-, Monogamie, Weihnachts-, Einkaufs-, Museumsmuffel. „Sitzt du hier allein im Café?"

„Ist das verboten?", fragte Lara missmutig.

„Verboten nicht, aber merkwürdig", gab er zurück.

„Wieso sollte ich nicht allein in einem Café sitzen?", fauchte Lara.

„Das ist irgendwie peinlich."

„Dann setz dich doch dazu."

Er blieb vor dem Tisch stehen, denn der Hunde-, Theater-, Monogamie, Weihnachts-, Einkaufs-, Museumsmuffel war auch ein Cafémuffel.

„Was machst du hier?", wollte er wissen.

„Ich hänge meinen Gedanken nach und beobachte Leute."

„Das kannst du auch zu Hause machen."

„Wen soll ich denn zu Hause beobachten? Dich vielleicht?"

„Die Leute im Fernsehen zum Beispiel. Da sind genügend fremde Menschen zum Anglotzen."

„Das ist doch was ganz anderes. Im Fernsehen ist alles so schnell. Im Café scheint die Zeit viel langsamer zu vergehen."

„Die Leute denken, du bist gestört, wenn du allein im Café sitzt, Leute beobachtest und sonst nichts tust."

„Ich mache nicht nichts. Ich denke über meine neue Geschichte nach, die ich schreiben will."

„Das klingt auch irgendwie unnormal. Wir sind hier nicht in Berlin, wo Leute vergeistigt allein in Cafés sitzen und sich dabei cool fühlen. Hier gibt es keine Künstlerszene. Niemand sitzt allein in einem Café." Er deutete mit einer Kopfbewegung auf die anderen Tische, an denen nur Pärchen saßen.

„J. K. Rowling hat auch immer in einem Café geschrieben."

Er lachte: „Die ist ja auch eine richtige Schriftstellerin und keine Selfpublisherin. Hier schreibt niemand allein vor sich hin."

„Vielleicht gibt es darum keine berühmten Schriftsteller, die von hier kommen", gab Lara zu bedenken. „Die Leute gehen zu selten in Cafés."

„Und daran willst ausgerechnet du etwas ändern." Lara ärgerte sich über seinen überheblichen Ton.

„Von hier kommt wenig Gutes."

„Doch, gutes Bier kommt von hier", entgegnete er.

„Ja, klar. Bierstadt. Nicht Literaturstadt", sagte Lara verächtlich.

„Jedenfalls nicht die Stadt der absonderlichen Autorinnen. Und jetzt trink aus, ich will nach Hause."

„Leute im Fernsehen beobachten?"

„Ach, sei still."

„Oder willst du mit mir Weihnachtslieder singen?"

Er verdrehte genervt die Augen.

„Aber vorher möchte ich noch mit dir einen Hund kaufen, ins Theater gehen, deine Geliebte besuchen, etwas einkaufen und ins Museum gehen. Und dann hätte ich gerne, dass du endlich eines meiner Bücher liest!"

„Ach, weißt du was? Ich finde es eigentlich doch ganz gut, wenn du allein im Café sitzt. Das ist das Beste, was eine Frau in der Weihnachtszeit tun kann. Vor allem, wenn sie eine so begabte Schriftstellerin ist wie du. Bleib noch ein bisschen hier sitzen. Wir sehen uns dann später." Mit diesen Worten verließ er den Bioladen.

Lara sah ihm durch das Schaufenster nach. Der Regen hatte aufgehört und über den Himmel zog sich ein Regenbogen.

Für die Bühne:

Alex von der Krachmacher-Band

Mein erster Internationaler Handtuchtag

Mein Freund Alex ist Gitarrist in einer Punkband. Nach einem seiner Krachmacher-Konzerte saßen wir in unserer Stammkneipe auf den fleckigen Polstermöbeln im blauen Dunst des bläulichen Zigarettenqualmes. Vermutlich hatte sich der DJ im Tabakpäckchen geirrt, als Alex sich bei den Klängen von Aquarius plötzlich zu mir drehte und fragte: „Kommste mit zum Internationalen Handtuchtag?"

Meine linke Skeptiker-Augenbraue zog sich unweigerlich nach oben.

Ich war gerade dabei, die nächste Flasche Rotwein zu öffnen, und fragte schon etwas benommen: „Muss es eigentlich für alles einen Internationalen Tag geben? Tag der Bäume – o.k., Kindertag – o.k., Kusstag – wenn's sein muss. Aber jetzt auch noch einen Feiertag für Handtücher?" Ich seufzte.

„Es gibt sogar einen Internationalen Tag der Jogginghosen", erklärt er mir.

„Ach was!", staunte ich.

„Der ist am 21. Januar, der Jogginghosentag", fügte er hinzu.

Meine linke Skeptiker-Augenbraue wollte sich gar nicht mehr senken. „Versteh mich nicht falsch", lallte ich beschwingt vom Wein, „Handtücher sind eine tolle Erfindung. Ich meine, was würde ich ohne ein Handtuch machen, wenn ich nass aus der Dusche steige?"

„Eben", stimmte Alex zu, „und ich sag dir eins: Handtücher sind eine der ältesten Erfindungen der Menschheit."

„Ach ja?", fragte ich desinteressiert.

„Klar, das erste Handtuch war aus Blättern und wurde von einem Steinzeitmenschen erfunden."

Ich nickte beeindruckt und dachte: Der Alex ist echt ein schlaues Kerlchen. Zumindest nach zwei Flaschen Wein.

„Aber eigentlich ist der Handtuchtag der Gedenktag für Douglas Adams. Wird überall auf der ganzen Welt gefeiert, sogar hier bei uns in der Provinz", er schaute mich erwartungsvoll an.

Ich überlegte einen Moment und dann fiel es mir ein: „Ach, der Typ, der ‚Per Anhalter durch die Galaxis' geschrieben hat?"

„Genau!", bestätigte Alex zufrieden grinsend. „Ein Handtuch ist für jeden Anhalter absolut überlebenswichtig! Und es hat einen hohen psychologischen Wert!", dozierte er.

„Soso", entgegnete ich zweifelnd. Der hohe psychologische Wert erschloss sich mir im Moment nicht. „Und was macht man an so einem Internationalen Handtuchtag?"

„Im Kongresszentrum bekommt man einen Pangalaktischen Donnergurgler gratis, wenn man sein Handtuch mitbringt."

„Wow!", entgegnete ich begeistert. „Einen Cocktail also."

„Nicht irgendeinen Cocktail", korrigierte er mich und zitierte mit verstellt tiefer Stimme aus dem Buch: „Der beste Drink, den es gibt, ist der Pangalaktische Donnergurgler. Die Wirkung ist so, als werde einem mit einem riesigen Goldbarren, der in Zitronenscheiben gehüllt ist, das Gehirn aus dem Kopf gedroschen."

Ich kicherte albern: „Hört sich ja verlockend an, so ein Goldbarren auf dem Kopf!"

Also stießen wir mit der nächsten Flasche Wein auf alle Weltraum-Reisenden und den Pangalaktischen Donnergurgler an, den wir uns am nächsten Samstag, und zwar am 25. Mai, gratis genehmigen würden. Auf dem Heimweg streckten wir albern lachend unsere vermeintlich elektronischen Daumen in die Luft, in der Hoffnung, dass uns ein Raumschiff mit irren Außerirdischen auflesen würde. Dabei sangen wir aus voller Kehle „Völlig losgelöst von der Erde schwebt das Raumschiff" und „Ich düse, düse, düse, düse im Sauseschritt"...

Am nächsten Samstagnachmittag stand ich im Bad vor dem Spiegel und überlegte: Hatte er gesagt, dass ich das Handtuch nur mitnehmen soll, oder musste ich es mir umbinden? Meine Erinnerungen an die Krachmacher-Nacht waren nur noch vage. Wenn ich mir das Badetuch über die Jeans und die Bluse band, sah das etwas seltsam aus. Aber um den Hals gelegt, war es auch nicht besser. Immerhin musste ich ein ganzes Stück durch die Stadt gehen. Ich könnte das Tuch natürlich einfach in meine Handtasche stecken und erst kurz vor dem Eingang des Kongresszentrums rausholen. Aber vielleicht traf ich ja in der Stadt noch andere Handtuchträger? Dann würde ich die Science-Fiction-Fans gleich erkennen, sinnierte ich und probierte verschiedene Varianten aus. Was trägt man bloß zu einem Handtuch? Eigentlich nichts. Man bindet es sich nur um, wenn man nackt ist, überlegte ich. Aber nackt durch die Stadt gehen, nur mit einem Handtuch bekleidet? Ich versuchte, Alex zu erreichen, aber sein Mobiltelefon war ausgeschaltet. Also entschied ich mich für meinen Badeanzug und wickelte mir mein schwarz-weiß gestreiftes Zebrahandtuch um die Hüften. Und welche Schuhe? Zum Handtuchlook würden Badelatschen besser passen, aber mit diesen alten Latschen in die Bar des Kongresszentrums? Da kamen mir doch Zweifel. Also wohl besser die neuen High Heels. Noch schwieriger als die Schuhfrage war allerdings die Frage nach der passenden Handtasche. Was trägt frau bloß zum Zebrahandtuch?

Kaum zwei Stunden später, nach reiflichen Überlegungen vor dem Spiegel zum passenden Outfit, verließ ich meine Wohnung also im Badeanzug mit Zebrahandtuch, schwarzen Stöckelschuhen und einer weißen Lederhandtasche von Gucci. Für einen Tag Ende Mai war es erstaunlich kalt und regnerisch. Statt der Handtasche wäre ein Regenschirm besser gewesen. Ich war mit Alex in einer halben Stunde im Hotel an der Bar verabredet und lief selbstbewusst los. Einige Passanten warfen mir merkwürdige Blicke zu, als ich in meinem Anhalter-Look durch die Fußgängerzone stolzierte. Ich hielt Ausschau nach anderen Handtuchträgern, konnte aber niemanden entdecken. Ein kleines Mädchen rief: „Mami, Mami, die Frau da geht schwimmen, ich will auch baden!" Die Frau zischte dem Kind etwas zu und zog es schnell weiter. Gab es denn in der ganzen Stadt keinen einzigen Douglas-Adams-Fan?

Meine High Heels klackerten über den rötlichen glatten Marmorboden der Empfangshalle des Kongresszentrums. Zwischen den vergoldeten Büsten und überdimensionalen Gemälden mit Stilleben an den Wänden kam ich mir trotz meiner zehn Zentimeter Geherhöhung und mit meinem Zebrahandtuch ziemlich klein und irgendwie fehl am Platz vor.

Der Mann an der Rezeption warf mir nur einen flüchtigen Blick zu und fragte: „Wollen Sie zum Psychotherapeuten-Kongress?"

Ich schüttelte den Kopf: „Nein, seh ich so aus?"

Er musterte mich nun aufmerksam von Kopf bis Fuß und wiegte unschlüssig seinen Schädel hin und her.

„Ich bin hier, weil ich einen Pangalaktischen Donnergurgler möchte", erklärte ich und fügte mit Nachdruck hinzu, „und zwar gratis!"

Er starrte mich nur schweigend an.

Also wedelte ich leicht mit dem Zipfel meines Zebrahandtuchs. „Na?", sah ich ihn erwartungsvoll an, „klingelt's?"

„Mmmmhhh", machte der Mann, und fasziniert stellte ich fest, dass auch er über eine linke Skeptiker-Augenbraue verfügte, die sich nun fast bis zum Haaransatz hob, „also der Psychotherapeuten-Kongress ist im Nebengebäude." Er deutete mit dem Zeigefinger über seine Schulter.

„Gibt es da eine Bar?", wollte ich wissen.

Er bestätigte das und so machte ich mich schon etwas entnervt auf den Weg zum Nachbarhaus. Plötzlich kam mir ein Gedanke und ich hielt inne: Gab es womöglich diesen Internationalen Handtuchtag überhaupt nicht? War ich nur wieder auf einen von Alex' Witzen reingefallen? So wie damals in der Grundschule, als er behauptet hatte, man könnte ein Hühnerei mit der Nachttischlampe ausbrüten. Nach drei Stunden Dauerbestrahlung hatte mein Kopfkissen Feuer gefangen und lichterloh gebrannt. Oder später beim Schüleraustausch in England, als er mich überredet hatte, in einen der U-Bahn-Schächte zu klettern und mit meinem Lippenstift „I only understand train station" und „The Queen is not the yellow from the egg" an die Scheibe eines Wagons zu schmieren? Das hatte die erste Verhaftung meines Lebens nach sich gezogen.

Aber jetzt gab es kein Zurück mehr. Vor dem Haupteingang des Nebengebäudes stand eine Gruppe älterer Herren in dunklen Anzügen. Noch hatten sie mich nicht bemerkt. Mein Blick fiel auf eine geöffnete Terrassentür an der Seite des Gebäudes und mir kam eine grandiose Idee. Ich brauchte einfach nur durch das Blumenbeet zu gehen, über die Wiese zu laufen und über die kleine Hecke zu springen, dann wäre ich schon da und niemand würde von mir Notiz nehmen.

Kurzentschlossen wählte ich also den Weg quer durch die frisch bepflanzten Beete, bevor die Krawattenträger auf mich aufmerksam wurden. Ich versuchte, möglichst wenige Pflanzen mit den Schuhen meiner Wahl zu durchbohren. Um Gleichgewicht bemüht, stakste ich durch die lehmige Erde, in die ich erstaunlich tief mit meinen spitzen Absätzen einsank, als ich, endlich mitten auf der Wiese angekommen, plötzlich das Gefühl hatte, ich würde beobachtet. Wie vom Blitz getroffen blieb ich für einen Moment stehen, drehte meinen Kopf in Zeitlupe dem riesigen Panoramafenster zu, vor dem ich stand, und starrte durch die Scheibe. Gefühlte zweihundert Gesichter hatten sich mir zugewandt. Ich bemühte mich, ganz normal zu wirken, grüßte kurz mit einem leichten Nicken und versuchte, dabei nicht über die Beetbegrenzung zu fallen. Aus den Augenwinkeln sah ich, dass einige der Leute mir freundlich zuwinkten und mitfühlend lächelten.

Endlich und etwas außer Atem erreichte ich mit erdverschmierten Stöckelschuhen und braunen Spritzern bis an die Knie die Terrassentür. Alex saß in Jeans und kariertem Hemd allein in der hintersten Ecke des Tresens. Aus seiner Brusttasche lugte ein schmaler winziger Frotteestreifen hervor, der noch kleiner als ein Waschhandschuh war.

„Wie siehst du denn aus?", begrüßte er mich grinsend.

„Halt bloß den Mund!", rief ich verärgert und hätte ihm am liebsten meine weiße Gucci-Handtasche um die Ohren geschlagen. Der Barkeeper war einer aus der Krachmacher-Band und versuchte sich gar nicht erst, das Lachen zu verkneifen.

„Komm, Süße, nimm erstmal einen Drink", sagte Alex schließlich versöhnlich und schlug mit der Hand auf die schwarze Sitzfläche des Barhockers neben sich.

„Ich will nicht irgendeinen Drink!", entgegnete ich trotzig, den Tränen nahe, „ich will einen 1a Pangalaktischen Donnergurgler!"

„Bin schon dabei, was auszuprobieren", beschwichtigte der Barkeeper. Vor sich hatte er von verschiedenen Flaschen mit Hochprozentigem bereits die Deckel abgeschraubt und begann, die Getränke wild durcheinander zu mixen. Nach Goldbarren mit Zitronenscheiben sah das nicht aus. Dennoch ließen wir uns nicht lange bitten und versuchten, dem Geheimnis des Pangalaktischen Donnergurglers auf die Spur zu kommen.

Wir ließen uns von der Zutatenliste aus „Per Anhalter durch die Galaxis" inspirieren und fachsimpelten, wie das wohl zu übersetzen sei: Eine Flasche alten Janx-Geist, ein Teil Wasser aus den Meeren von Santraginus V, drei Würfel arkturanischen Mega-Gin (ohne, dass das Benzin darin verfliegt), vier Liter fallianisches Sumpfgras, ein Teil qualaktinisches Hyperminz-Extrakt, ein Zahn eines algolianischen Sonnentigers, ein Spritzer Zamphuor und eine Olive.

Schon bald gesellten sich Teilnehmer des Psychotherapeuten-Kongresses zu uns. Sie schienen alle sehr verständnisvoll für

Alex' Ausführungen zum Internationalen Handtuchtag zu sein und lauschten ihm mit aufmerksamen durchdringenden Blicken, auch wenn ich mir nicht ganz sicher war, ob sie die tiefe Bedeutung dessen, was wir hier taten, wirklich ergründeten. Eine Hommage auf Douglas Adams und alle Weltraum-Reisenden und die, die es gerne werden wollten. Wir waren auf einer Mission!

Später haben wir die offizielle Feier für den Internationalen Handtuchtag doch noch gefunden. Sie fand nicht im Kongresszentrum, sondern in der Kongobar ein paar Straßen weiter statt. Aber Alex und ich fühlten uns nicht mehr in der Lage, hinzugehen, weil uns so schlecht war, außerdem war mir ein Absatz an meinen schicken erdigen High Heels abgebrochen, und wieder einmal stützten wir uns gegenseitig nach Hause. Ich barfuß im Zebrahandtuch, Alex mit meiner weißen Gucci-Handtasche um den Hals baumelnd. Am nächsten Morgen fühlte ich mich tatsächlich so, als hätte mir einer mit einem Goldbarren in Zitronenscheiben gewickelt auf den Kopf geschlagen. Dennoch ist der 25. Mai seitdem als fester Feiertag in meinem Kalender markiert.

Und um es mit den Worten von Douglas Adams zu sagen: „Das hier ist eine verdammt harte Galaxis. Wenn man hier überleben will, muss man immer wissen, wo sein Handtuch ist!"

In Erinnerung an Alex Baumann, meine Inspiration für die „Alex von der Krachmacher-Band"-Kurzgeschichten. Gute Reise durchs Universum! Ich bin mir sicher: Die Galaxis hat Dich freundlich aufgenommen – mit oder ohne Handtuch.

Von Exfreundinnen und Gitarren

Mein Freund Alex ist Gitarrist in einer Punkband. Seine Krachmacher-Musik ist nicht immer gut zu ertragen. Nach einem seiner Konzerte, ich war erst gegen 5:00 Uhr morgens nach Hause gekommen, wollte ich ihn am nächsten Vormittag mit ein paar Brötchen und Kaffee aus Pappbechern zu einem späten Frühstück überraschen. Er öffnete mir die Tür noch im Schlafanzug, obwohl es bereits mittags war. Verwundert sah ich, dass seine Hände ganz schmutzig und voller Erde waren.

„Ab heute bin ich Selbstversorger", verkündete er großspurig.

„Aha", meinte ich nur und wartete auf weitere Erklärungen, die aber nicht folgten. Also fragte ich: „Und?"

„Was und?", wollte er wissen, „ist doch ganz klar! Dieser ganze Scheiß mit TTIP und Glyphosat und so, da mach ich nicht mehr mit! Ich baue jetzt mein eigenes Gemüse an!"

„Und wo willst du das machen?", fragte ich interessiert, „du hast doch gar keinen Garten."

„Nee, hab ich nicht. Aber einen Balkon."

Sofort hob sich meine linke Skeptiker-Augenbraue. „Dein Balkon ist etwa zwei Quadratmeter groß, das weißt du schon", sagte ich zweifelnd.

Ich legte die Brötchentüte auf den Tisch und betrat seinen zwei Quadratmeter großen Balkon, der voll war von Blumenkästen, die übereinandergestapelt waren.

„Du willst tatsächlich Gemüse anbauen?", fragte ich ungläubig.

„Ja, klar. Das ist viel besser für die Umwelt und für die Gesundheit", entgegnete er euphorisch.

„Umwelt und Gesundheit also?", fragte ich ungläubig. „Seit wann interessierst du dich denn für so was?"

„Wieso denn? Das sind wichtige Themen! Damit solltest du dich auch mal befassen."

Das sagte ausgerechnet der Mann, der jeden Tag zwei Schachteln Zigaretten rauchte, sich vor allem von Tiefkühlpizza ernährte und einen alten klapprigen VW fuhr, der jedes Jahr Schwierigkeiten hatte, durch die Abgaskontrolle zu kommen.

„Ich weiß genau, was du jetzt denkst", sagte er.

„Ach ja? Was denke ich denn?"

„Dass es nicht zu mir passt. Aber ich werde jetzt andere Prioritäten in meinem Leben setzen. Von jetzt an gibt es nur noch Bio-Gemüse aus eigenem Anbau, mit dem Rauchen höre ich auch auf."

„Verstehe. Wie heißt sie?"

„Ich weiß überhaupt nicht, was du meinst", erwiderte Alex unschuldig.

„Ach, komm schon", drängte ich, „du willst mir doch nicht weismachen, dass du ganz plötzlich auf den Gesundheits- und Bio-Trip gekommen bist! Da kann nur eine Frau dahinterstecken. Also, wie heißt sie?"

Er verdrehte die Augen. „Sie wohnt gleich die Straße runter neben dem Bioladen."

„Nein, doch nicht etwa Öko-Vera?", fragte ich mit großen Augen.

Er schwieg.

„Du hast dich allen Ernstes in Öko-Vera verliebt? Das ist doch die, die immer mit den Transparenten auf dem Stadtplatz steht und gegen Atomenergie demonstriert. Oder gegen den Zirkus mit den Elefanten. Oder gegen alles Mögliche."

„Nein, das ist die mit den melonengroßen …"

„Stopp!", unterbrach ich ihn, „ich will es nicht wissen."

„Die mit den melonengroßen …", setzte er erneut an und machte eine ausladende Handbewegung vor seinem Oberkörper.

„Hör auf!", rief ich. Details über Öko-Veras anatomische Vorzüge konnte ich vor dem ersten Kaffee nicht ertragen.

„… Keramikkugeln im Vorgarten", beendete er seinen Satz.

„Ist nicht dein Ernst!" Ich atmete tief durch. „Ich glaube, ich weiß, warum du mit Tofu-Vera zusammen bist."

„Ach ja?", fragte er interessiert.

„Könnte das mit der Gibson zusammenhängen, die wir im Schaufenster bei Musik Falk gesehen haben?"

„Du meinst DIE Gibson?" Sein Blick bekam diesen verträumten, leicht irren Ausdruck. „Die Gibson mit dem einteiligen Mahagoni-Korpus, der Riegelahorndecke, dem Palisander Griffbrett, den beiden Alnico Humbucker Tonabnehmern, in der Farbe Carmelita Burst? Die Gitarre mit …"

„Ich meine die für 20.000 Euro", fiel ich ihm ins Wort.

„Ach so, ja." Er schwieg einen Moment und sagte dann: „Ich weiß allerdings nicht, was die Gitarre mit Vera zu tun haben soll.

„Na gut, dann will ich dir mal auf die Sprünge helfen. Wie viele Exfreundinnen hast du?"

Er überlegte und zog dabei angestrengt die Stirn in Falten: „Keine Ahnung. Vielleicht sieben oder acht? Ach nein, das waren bestimmt mehr. Mindestens zehn? Ich weiß es nicht, was spielt das für eine Rolle?"

„Na gut, dann frage ich mal anders: Wie viele Gitarren besitzt du?"

„Neun!", kam es wie aus der Pistole geschossen.

„Genau", sagte ich triumphierend, „und du hast auch exakt neun Exfreundinnen.

„Ach was. Das ist doch Blödsinn."

„Doch natürlich. Du hast neun Gitarren und neun Exfreundinnen. Weil du dir nämlich jedes Mal, wenn eine Beziehung kaputtgeht, eine neue Gitarre kaufst. Ist dir das noch nicht aufgefallen?"

„Quatsch!"

„Deine letzte Freundin war Sarah. Da hast du dir die Yamaha gekauft. Und nach Mary hast du dir diese Jazz-Gitarre genehmigt."

„Und meine Fender?"

„Annika."

„Na ja, kann schon sein, dass es da einen gewissen Zusammenhang gibt", sagte er entnervt. „Aber was soll das jetzt überhaupt mit Vera zu tun haben?"

Ich seufzte: „Lass uns das Ganze doch einfach etwas abkürzen, o.k.? Du rufst jetzt sofort bei Tofu-Vera an, machst mit ihr Schluss, heulst ein bisschen rum, wir fahren zu Markos Gebrauchtwagenhandel, geben deine alte Schrottkiste in Zahlung, plündern dein Bankkonto, fahren zu Musik Falk und so kannst du schon heute Abend DIE Gibson in deinen Armen halten!" Ich war mächtig stolz auf meinen genialen Abkürzungsversuch.

Erst sah er mich nachdenklich an, dann sagte er: „Du bist sowas von gemein! Du hast echt eine Macke!"

„Du sammelst Gitarren, so wie du Ex Freundinnen sammelst."

Ich merkte zu spät, wie sehr das Alex verletzte. Er lief rot an, wurde richtig wütend. „Mir reicht es jetzt, du Klugscheißer!", schrie er und warf eine Schaufel Erde nach mir.

„Hör auf damit!", rief ich. „Das hast du schon früher im Sandkasten immer gemacht. Deswegen wollte meine Mutter nie, dass ich mit dir spiele! Schon damals hast du immer mit Sand geschmissen!"

„Hau ab, du blöde Kuh! Hättest du mal auf deine Mutter damals gehört! Dann würdest du mir heute nicht dauernd auf die Nerven gehen!" Er griff nach mehr Erde, mit der er mich bewerfen wollte.

Ich rannte aus der Wohnung. Alex war mein bester Freund und ich hatte ihn nicht so verletzen wollen.

Einige Tage hatten wir überhaupt keinen Kontakt. Wann immer ich bei ihm anrief, ging er nicht ans Telefon. Doch zwei Wochen später meldete er sich endlich. Seine Stimme klang am Telefon deprimiert.

„Was ist los mit dir?", fragte ich.

„Wieso ist das mit den Frauen immer so kompliziert?", wollte er von mir wissen.

„Was ist denn passiert?"

„Sie ist allergisch."

„Du hast doch gar keine Katze."

„Nein, ich habe keine Katze."

„Ach so, sie ist gegen Staub allergisch. Ich habe dir doch schon oft gesagt, mach mal die Wohnung sauber, wenn du Besuch von einer neuen Frau bekommst."

„Nein, sie ist auch nicht gegen Staub allergisch", sagte er nun schon etwas gereizt. „Sie ist gegen mein Gitarrenspiel allergisch."

„Gegen dein Gitarrenspiel?", fragte ich verwundert. „Ach Mensch, Alex, das hatten wir doch schon mal. Stell den Lautsprecher von deiner E-Gitarre nicht immer auf die Kopflehne des Sessels. Nicht jede Frau wird bei so viel Dezibel im Nacken heiß."

„Daran lag es dieses Mal nicht", entgegnete er seufzend.

105

„Du hast ihr doch nicht etwa eine Ballade geschrieben?" Alex war noch nie ein Spezialist für Liebeslieder gewesen. Damit hatte er sich schon des Öfteren Ärger eingehandelt bei seinen früheren Freundinnen, die seine Art von Liebeserklärung nicht verstehen wollten.

„My rabid radish. Aber auch daran lag es nicht."

Tollwütiger Rettich? Öko-Vera musste ja eine richtige Granate sein, dachte ich.

„Sie hat eine Unverträglichkeit gegen elektromagnetische Strahlungen."

Ich schwieg.

„Sie bekommt Kopfschmerzen von meinem Gitarrenspiel. Und das liegt an den Strahlungen. Sie schaut kein Fernsehen und hat auch keine Stereoanlage."

„Und warum wollte sie dann mit einem E-Gitarristen aus einer Punkband zusammen sein? Das macht doch gar keinen Sinn."

„Sie hat gemeint, ich könnte ja auf Wandergitarre umsteigen."

Ich musste laut lachen.

„Das ist nicht lustig."

Ich versuchte, mich zusammenzureißen.

„Aber das ist noch nicht alles", fuhr er schließlich fort. „Sie hat außerdem gesehen, dass ein paar meiner Gitarren aus Tropenholz sind, zum Beispiel meine Harley Benton …"

„Christine", räusperte ich mich beiläufig.

„… außerdem sind bei einigen Gitarren die Wirbel aus Elfenbein."

Ich versuchte, diese Information einzuordnen, und fasste schließlich zusammen: „Das heißt also, du verpestest die Luft mit elektromagnetischen Strahlungen, die gesundheitsschädlich sind. Außerdem bist du für die Abholzung der tropischen Regenwälder verantwortlich und somit für den Klimawandel und den Hunger auf dieser Welt. Darüber hinaus beherbergt du einen halben Elefantenfriedhof in deinem Schlafzimmer." Ich hielt kurz inne, bevor ich resümierte: „Das ist nicht sexy."

Ich hörte ihn am anderen Ende der Leitung schluchzen.

„Was soll ich denn jetzt bloß tun?", wollte er von mir wissen.

„Wir könnten einen kleinen Einkaufsbummel machen", schlug ich vor.

„Ich weiß nicht, ob ich dazu Lust habe."

„Ach, wir schlendern nur ein bisschen durch die Straßen. Das lenkt ab."

„Können wir vielleicht vorher bei Marios Gebrauchtwagenhandel vorbeifahren?", wollte er wissen. „Ich habe mir überlegt, mein Auto zu verkaufen."

„Natürlich nur wegen des CO_2-Ausstoßes", sagte ich.

„Ganz genau", sagte er. „Und falls wir bei Musik Falk vorbei kommen, können wir ja mal reingehen."

„Ganz unverbindlich, versteht sich."

Und so schlenderten Alex und ich gemeinsam durch die Straßen und schon in derselben Nacht schlief er mit DER Gibson im Arm ein.

Gitarren sind eben doch die unkomplizierteren Frauen.

Von der kleinen Schwester des Dramas

Als Adam Eva heiraten wollte

oder:

Wie der Verlust der Supertotalen zur Vertreibung aus dem Paradies führte

„Bitte erheben Sie sich für die Braut!", sagte der Priester und versuchte, seiner Stimme Würde zu verleihen, indem er die Worte überdeutlich und laut aussprach. Ein erleichtertes Raunen ging durch die Reihen. Adam, dein zukünftiger Mann, wischte sich mit einem roten Stofftaschentuch, das er ungeschickt aus seiner Westentasche fingerte, über die Stirn. Durch das Objektiv konnte ich eine winzige rote Fluse erkennen, die an seiner feuchten Stirn kleben blieb. Er presste die Lippen fest aufeinander. In seinem Mundwinkel zeichnete sich ein dünner Speichelfaden ab. Ein kleiner durchsichtiger Tropfen, bis er sich mit dem Handrücken über den Mund wischte. Du hast uns lange hingehalten und die Geduld eurer Gäste ging schon langsam zur Neige, als die erlösenden Worte des Priesters Bewegung in die Wartenden brachten, die sich nun geräuschvoll von den viel zu harten Kirchenbänken erhoben. Ein Gesangbuch fiel krachend zu Boden und das Getöse der Orgel, das schwallartig einsetzte, überdeckte das leise Getuschel, während sich die Blicke neugierig nach hinten in Richtung der schweren Eichentür wandten. Der Hochzeitsmarsch dröhnte durch den Kirchenraum. Ich schwenkte die Kamera ebenfalls zum Eingang, denn ich wollte keinen Moment verpassen. So hatte ich es Adam versprechen müssen. Mit dem Zoomobjektiv wollte ich ganz nah bei dir sein, auch wenn ich etwas abseits neben dem Altar stand, viele Meter von dir entfernt. Die Lichtverhältnisse waren für mich als Fotograf eine Herausforderung. Gerade noch fielen die Sonnenstrahlen durch die bunten Glasfenster, ließen den tanzenden Staub in der abgestandenen Luft sichtbar werden und die Gesichter der Heiligen erstrahlten gnädig und farbenfroh. Sie warfen verspielte Muster auf die Hochzeitsgesellschaft mit ihren feinen seidenen Kleidern und Hüten, den schwarzen Anzügen, und auf den roten Läufer, der sich wie ein Fluss von der Tür bis zur Altarstufe schlängelte. Doch plötzlich mussten sich Wolken vor die Sonne geschoben haben, denn das Kirchenschiff wurde mit einem Mal in ein düsteres Gemäuer verwandelt, das nach Moder roch. Die Mutter Gottes schaute nun streng und tadelnd hinab aus finsterem Antlitz. Die breiten Bänder, die zu Schleifen gebunden weiße und violette Blüten zusammenhielten und die Seiten der Kirchenbänke zierten, zitterten erst leicht und flatterten schließlich auf, als die schwere Kirchentür endlich weiter geöffnet wurde. Ein Windhauch blies durch den Gang wie ein frostiger Vorbote.

Ich spürte den eisigen Atem an den Wangen und musste an die Felsen denken, über die wir damals geklettert waren. Wir hatten im Windschatten der Felsen beim Picknick gesessen, dann verschwand die Sonne und du richtetest dich auf. Als du über die Felsen stiegst, diese schützende Mauer, fuhr der Wind in deine Haare und du riefst: „Da zieht was auf!" Wie aus dem Nichts war der Sturm gekommen und zeitvergessen, wie wir gewesen waren, hatten wir ihn nicht kommen sehen.

Ich stellte das Objektiv scharf, als die Tür knarrend ganz geöffnet wurde und gegen die Wand schlug.

Da stand Eva. In ihrem weißen Hochzeitskleid, den Schleier über das Gesicht gezogen. Ich zoomte auf ihr Gesicht, doch der Schleier gab nur vage Konturen preis. Evas Vater redete auf sie ein. Sein Mund bewegte sich schnell, doch die nach oben verzogenen Mundwinkel vermochten es nicht, seine Augen zu erreichen und auch diese zu einem fröhlichen Strahlen zu bringen. Er hielt die Braut am Oberarm fest. Der Schleier bewegte sich leicht vor ihrem Mund, als sie ihm antwortete oder in die Luft pustete. Ich konnte es nicht erkennen.

„Du verpisst dich, sobald das hier vorbei ist!"

Ich zuckte zusammen. Beinahe wäre mir vor Schreck die Kamera aus der Hand gefallen. Ich hatte nicht bemerkt, dass Adam neben mich getreten war. Alle Augen waren erwartungsvoll auf die Braut gerichtet, niemand nahm Notiz von uns. Ich nickte. Ja, ich würde mich verpissen. Wohin, wusste ich allerdings noch nicht. Vielleicht nach Patagonien, wovon du mir so oft vorgeschwärmt hast.

„Du stehst auf der falschen Seite", zischte ich und versuchte, Distanz zwischen ihn und mich zu bringen. Ich wies mit dem Kopf zur anderen Altarseite. Für einen Moment hielt er meinem Blick stand. Dann wandte er sich um und ging zurück auf seine Seite, wo er dich empfangen würde.

Adam war mein bester Freund. Im Kindergarten waren wir beim Fangenspielen mit den Köpfen aneinander gerammt. Ich wollte rechts um den Baum herum, er links, und zack war es geschehen. Wir hatten beide eine riesige Beule an der Stirn. Während mir heiße Tränen aus den Augen über die Wangen kullerten, biss Adam die Zähne zusammen und behauptete, dass es gar nicht so schlimm sei. Die Erzieherin, Frau Werner, führte uns zu einer Bank, auf der wir, jeder mit einem kalten Waschlappen auf der Stirn, sitzen mussten, bis der Schmerz endlich etwas nachließ. Noch oft haben wir später über diesen Zusammenstoß gelacht und spekuliert, wer den härteren Dickschädel hatte.

Endlich setzten sich Eva und ihr Vater in Bewegung. Er führte sie über den roten Läufer und es hatte fast den Anschein, als müsse er sie die ersten Meter ziehen.

Dennoch sahst du bezaubernd aus in deinem weißen langen Brautkleid, mit dem schmalen silbernen Gürtel um die Taille. Die silberne Blüte, die am Gürtel befestigt war, glänzte und schillerte. Wie ein Engel schwebtest du auf den Altar zu. Ich wusste, dass ich mich nicht nur auf dich fokussieren durfte, sondern ich musste auch die anderen ablichten. So schwenkte ich auf deine Mutter, die ihre Hände vor dem Bauch zusammenhielt und erwartungsvoll und glücklich zu dir herübersah. Sie lächelte dir aufmunternd zu. Dann fing ich Adams Blick ein. Nun, da du nur noch wenige Meter von ihm entfernt warst, schien er sich zu entspannen. Er streckte seine Arme nach dir aus und dein Vater verneigte sich leicht, als er dich ihm übergab. Durch das Zoomobjektiv nahm ich die Nässe in den Augen deines Vaters wahr. Waren es Tränen der Freude, der Gerührtheit oder gar der Trauer? Seine Haut schien blass und durchscheinend, jetzt wo plötzlich wieder Sonnenstrahlen durch die bunten Fenster fielen. Ich wartete darauf, dass du den Schleier lüften würdest, aber du ließest ihn noch immer über dein Gesicht gezogen. Wie gerne hätte ich deinen Gesichtsausdruck durch das Objektiv angeschaut.

Der Predigt des Priesters schenkte ich wenig Aufmerksamkeit. Der Priester hatte mich gebeten, während der Trauzeremonie nur wenige Fotos zu schießen, da es die Atmosphäre stören oder die Brautleute nervös machen könnte. So setzte ich mich in den

Seitenflügel auf die Bank, wo ich auch meine Tasche mit dem Equipment hingelegt hatte.

Schon als zehnjähriger Junge hatte ich meine erste Kamera bekommen. Es war eine Minolta, die mir mein Großvater vererbt hatte. Bei dieser Kamera musste ich jede Einstellung selbst vornehmen. Viele Stunden des Fotografierens und Unsummen an Taschengeld später gelang es mir, die ersten scharfen Fotos zu machen. Ich war immer aufgeregt, wenn ich zum Fotogeschäft ging, um die Bilder abzuholen. Mindestens eine Woche musste ich jedes Mal darauf warten, und meistens war ich von den Ergebnissen überaus enttäuscht. Manchmal vermisste ich heutzutage aber die Spannung, wie die Fotos wohl aussehen mochten. An meiner hochmodernen Digitalkamera konnte ich jedes Foto sofort auf dem Display anschauen, löschen oder bearbeiten. Es erforderte früher höchste Präzision, mit der Kamera richtig umzugehen. Doch so lernte ich alles über Belichtungszeiten, Kontraste und das ganze Know-how des Fotografierens, das mir später als Fotograf auch im digitalen Zeitalter zugutekam. Meine Augen waren geschult und manchmal sah ich sogar im Traum die Welt wie durch ein Objektiv. Dann konnte ich zwischen Nah- und Fernaufnahme hin und her zoomen. Einmal lag ich im Traum auf einer Wiese und sah in den Himmel. Ein Schwarm Vögel flog hoch über mir hinweg. Plötzlich sah ich sie ganz nah. Einen Vogelkopf, schließlich ein Auge in Großaufnahme mit den weißen zarten Federn darum bis hin zu den mikroskopisch kleinen Milben.

Adam hatte mir Eva erst vor drei Monaten auf einer Bergtour vorgestellt. Eigentlich wollten wir allein gehen, und ich war nicht sehr erfreut darüber, als ich ihn mit einer Frau im Schlepptau zum vereinbarten Treffpunkt kommen sah. Er hatte mir erzählt, dass er eine neue Freundin hatte, aber musste er sie unbedingt unangekündigt mitbringen? Wir hatten uns schon einige Monate nicht gesehen, weil ich mit Fotoprojekten in München beschäftigt war und er gerade dabei war, sein BWL-Studium in Rosenheim zu beenden. Schon in den letzten Jahren hatte ich zunehmend eine Distanz zwischen uns gespürt. Während ich mich immer mehr in Künstlerkreisen aufhielt, zog es Adam vor, auf seinen ersten BMW zu sparen. Zur Abschlussfeier wollte er standesgemäß in einem dicken Schlitten vorfahren.

„Rate mal, wie sie heißt", forderte er mich auf, als ich ihr die Hand reichte.

„Endlich eine Eva?", fragte ich.

„Genau!", erwiderte er strahlend. Dass Adam ausgerechnet eine Eva gefunden hatte, darüber lachte er auf unserer Bergtour immer wieder lauthals und witzelte, ob sie ihn irgendwann wohl aus dem Paradies vertreiben würde. Immer, wenn wir an einem Apfelbaum vorbeigingen, fragte er sie, ob sie vielleicht eine Frucht vom Baum der Erkenntnis pflücken wollte. Eva verdrehte nachsichtig die Augen. Ob sie ein gespaltenes Verhältnis zu Schlangen habe, wollte er wissen, und sie gab zurück, ob er Schwierigkeiten habe, sich mit nur einer Rippe aufrecht zu halten. So verlief der erste gemeinsame Ausflug, und ich langweilte mich unsäglich. Glücklicherweise hatte ich meine Kamera dabei und Adam bestand darauf, dass ich von Eva und ihm ein paar Aufnahmen machte.

„Sieht sie nicht aus wie ein Fotomodell?", wollte er immer wieder wissen.

Ich nickte nur. In München hatte ich schon viele Modelle fotografiert, getraute mich ihm aber nicht zu sagen, dass Eva für ein Fotomodell viel zu klein und stämmig war. Dennoch war sie auf ihre ganz eigene Art hübsch. Ihr Lächeln war aufgeschlossen und strahlend.

„Für ihren Busen brauchst du ein Weitwinkelobjektiv!", bemerkte Adam stolz und ließ sich dafür von Eva auf den Rücken schlagen.

Sie hatte tatsächlich eine ziemlich große Oberweite, die sich durch ihr rosafarbenes T-Shirt abzeichnete. Doch die Adam-und-Eva-Witze gingen mir auf die Nerven.

„Es ist, was es ist, sagt die Liebe", zitierte der Priester aus einem Gedicht von Erich Fried. Endlich war die Predigt vorbei und die eigentliche Trauzeremonie begann. Eva und Adam knieten auf einem gepolsterten Bänkchen. Ich positionierte mich nahe am Altar, um den Moment, wenn Adam den Schleier lüften würde, genau festzuhalten.

Als du das Ehegelöbnis wiederholtest, konnte ich dich kaum verstehen, obwohl ich doch recht nah bei euch stand. Du sprachst so leise und deine Stimme zitterte. Ich erkannte sie gar nicht als deine.

Wer war die Frau unter dem Schleier? Es konnte unmöglich Eva sein. Etwas umständlich steckte die Braut den Ehering an Adams Finger. Die weißen Satinhandschuhe, die bis über die Ellenbogen reichten, machten es ihr schwer, den Ring richtig zu greifen. Nur das Blütenarmband erkannte ich genau. Es funkelte in der grellen Sonne, als du es lachend in die Höhe hieltest. Es war mit Brillanten und Rubinen besetzt. Wir saßen zu viert vor der Almhütte beim Frühstück. Leonie pfiff durch die Zähne, als Adam Eva die kleine schwarze Schatulle hinhielt und öffnete. Dann kam der peinlichste Moment, dem ich je in meinem Leben beigewohnt habe. Adam kniete vor Eva nieder und fragte: „Willst du deinen Adam heiraten, liebste Eva?" Während Leonie anfing zu quieken, verfärbte sich Evas Gesicht rot. Ihre Backen glühten. Obwohl ich den Impuls verspürte, diesen Moment mit der Kamera einzufangen, sträubte sich in mir alles. Ich konnte nicht auf den

Auslöser drücken. Wieso machte er ihr einen Heiratsantrag, obwohl sie erst drei Monate zusammen waren? Lag es nur an ihrem Namen?

Leonie und Eva hätten Schwestern sein können. Auch wenn Eva braune Haare hatte und Leonie blond war, hatten sie dieselben strahlenden blauen Augen. Sie waren gleich groß und beide waren etwas füllig.

Den ganzen Tag über hatte ich Eva bei ihren Hochzeitsvorbereitungen begleitet. Sie wollte, dass alles dokumentiert wurde. Wie die Friseurin zu ihr nach Hause kam und ihr die Haare machte. Wie die Brautjungfern sich gegenseitig schminkten und auch als es an der Haustür klingelte und ein Bote einen großen Strauß roter Rosen brachte, wollte sie, dass ich diesen Moment festhielt. Irgendwann vergaß sie, dass ich im Raum war. Ich verstand es, mich unsichtbar zu machen. So fing ich die Momente ein, die ich für ganz besonders hielt. Wie sie gedankenversunken das Strumpfband zwischen den Fingern hielt, eine Haarsträhne, die nicht in der Hochsteckfrisur halten wollte, wieder nach oben führte, wie sie mit einem Strohhalm Saft trank, um den Lippenstift nicht zu verschmieren. Das war noch vor dieser unheilvollen Begegnung in der Besenkammer. Die Intimität, die ich schon für viele Bräute abgelichtet hatte, war mir zeitweise unangenehm.

Hochzeitsfotograf war nie mein Traumberuf gewesen. Ich verstand mich als Künstler und wollte mit meiner Fotografie Kunst erschaffen. Aber leider ließ sich davon nicht leben. Im Gegensatz zu den Hochzeiten. In den letzten Jahren entschieden sich immer mehr Paare, es den Amerikanern oder Engländern gleich zu tun und nicht nur ein paar wenige Gruppenfotos zu buchen, so wie es früher üblich war, sondern den ganzen Tag einzufangen. Hinterher waren die Kunden meist überrascht, was ich alles eingefangen hatte mit meiner Linse.

„Du bist wie ein Geist", sagte Eva eines Tages zu mir, als ich ihr die Fotos von einem unserer gemeinsamen Ausflüge mit Adam und Leonie zeigte.

Wir hatten meine Wohnung als Treffpunkt ausgemacht, um gemeinsam ins Kino zu gehen. Eva war früher dran als die anderen beiden. Sie setzte sich auf die Couch und nahm meinen Laptop auf den Schoß. Gebannt klickte sie durch die Fotos, die ich gemacht hatte.

Dann kam der Moment, auf den ich so lange gewartet hatte. Adam nahm den Saum des Schleiers, der dir bis zur Brust reichte, um ihn vorsichtig nach oben zu ziehen.

„Leonie", entfuhr es mir, als Adam den Schleier noch nicht ganz zurückgeschlagen hatte, ich aber bereits das kleine Muttermal neben ihrer Nase entdeckte.

Sprachlos starrte Adam sie an. Ich hielt diesen Moment für die Ewigkeit fest. Sein vor Erstaunen weit geöffneter Mund. Ihm war die sprichwörtliche Kinnlade heruntergefallen. Leonie lächelte nicht. Sie starrte nur zurück, als wäre sie ebenso erstaunt, plötzlich Adam vor sich zu sehen. Von der Empore ertönte die Stimme der Sopranistin und des Chors. So, wie es Evas Mutter seit Langem für ihr kleines Mädchen geplant hatte. Sobald Adam seine Eva vom Schleier befreit hatte, sollte das Halleluja aus Georg Friedrich Händels Messias ertönen und das tat es nun auch. Ich fing den Blick des Priesters mit der Kamera ein, der verwirrt auf das Paar starrte. Er mochte wohl spüren, dass etwas nicht stimmte, konnte aber den Fehler nicht finden. Eine braune Strähne fiel über Leonies Wange. Sie hatte sich tatsächlich die Haare getönt. Wie hatte sie das in so kurzer Zeit geschafft? War der Betrug schon seit Längerem geplant und hatte Eva ihn bei den Vorbereitungen hinters Licht geführt? Oder war es gar meine Schuld? Adams Lippen bewegten sich. Er wandte sich der

Hochzeitsgesellschaft zu, doch das Halleluja verschluckte seine Worte. Leonie hatte den Gästen noch immer den Rücken gekehrt. Dann drehte sie sich blitzartig um, raffte ihren Rock hoch, um besser rennen zu können, und riss aus.

Ich blieb vor dem Altar allein zurück. Da fiel mein Blick auf etwas Funkelndes auf dem roten Teppich. Ich bückte mich und hob das mit Brillanten besetzte Blütenarmband auf. Ein Sonnenstrahl spielte mit den funkelnden Blüten.

„Ich weiß nicht, wo sie ist!", herrschte ich Adam, der mich am Hemd gepackt hatte, an. Er schlug zu. Seine Faust traf mich auf den Wangenknochen. Ich drehte mich aus seiner Umklammerung. Er war völlig von Sinnen.

„Du hast sie mir weggenommen!", schrie er und schlug wieder zu, doch dieses Mal ging seine Faust ins Leere.

Plötzlich tauchten sein Vater und sein Onkel auf. Ich rannte aus der Kirche, als ginge es um mein Leben, und bahnte mir den Weg durch die aufgebrachte Hochzeitsgesellschaft. Die Kamera hielt ich fest umklammert, alles andere ließ ich zurück.

632 Fotos. Ich staunte über die Ausbeute einer Hochzeit, die eigentlich gar nicht stattgefunden hatte. Überall sah ich Eva. Wie sie in der Küche stand, die Haare schon hochgesteckt mit perfektem Make-up. Da stand die Vase mit den Blumen noch auf der Arbeitsplatte. Ich betrachtete das Foto genau. Der sorgfältig arrangierte Blumenstrauß, den Adam ihr per Boten einen Moment zuvor geschickt hatte. Einen Augenblick später hatte Eva die Vase versehentlich umgeworfen. Das nächste Foto zeigte die zersprungene Vase auf dem Fliesenboden. Zwei große Porzellanteile und unzählige kleine Splitter. Wasser und Blüten.

„Soll ich dir helfen?", ich hatte die Kamera auf den Küchentisch gelegt.

„Ja, ich brauche einen Besen. In der Speisekammer ist ein großer Schrank, da hängt ein Besen drin. Wenn du mir den bitte holen könntest."

Ich ging in die kleine Kammer hinter der Tür und öffnete den großen Schrank, der sich über die ganze Wand zog und fast so groß war wie eine zweite Kammer. Gerade, als ich den Besen vom Haken nehmen wollte, spürte ich eine Hand an meinem Po. Eva stand dicht hinter mir. Sie drängte mich in den Schrank und kicherte dabei.

„Wenn jemand kommt", raunte ich.

„Es kommt schon keiner."

„Ich glaub, ich will das nicht."

„Willst du doch", entgegnete sie und griff mir in den Schritt.

„Eva, heute ist deine Hochzeit."

Die erste private Nachricht, die ich von Eva vor einem Monat erhalten hatte, erreichte mich über Twitter. Sie bat mich etwas förmlich, ob ich ihr ein Foto für ihr Facebook-Profilbild zur Verfügung stellen könnte. Gerne war ich bereit, ihr diesen Wunsch zu erfüllen.

Im Laufe der Zeit kamen immer mehr Nachrichten. Mal waren es alltägliche Belanglosigkeiten, mal ging es um Probleme, die sie mit Adam hatte. Da Adam mein bester Freund war, sprach ich ihn irgendwann auf die Nachrichten an.

Beim nächsten Vierertreffen ließ Eva mich links liegen. Offenbar hatte Adam sie nach den Nachrichten gefragt und sie zur Rede gestellt. Ich hatte ein schlechtes Gewissen, aber was hätte ich anderes tun sollen?

Nach der verpatzten Hochzeit war mein Posteingang voll von Nachrichten, allerdings nicht von Eva. Via Twitter, Facebook und per E-Mail schrieb Adam Beleidigungen gegen mich. Aber auch von Leuten, die ich kaum kannte, erhielt ich wüste Beschimpfungen. Jemand rief mich an und stornierte einen Auftrag für eine Hochzeit, bei der ich als Fotograf gebucht war. Danach kam eine weitere Stornierung.

Ich versuchte, Eva zu erreichen, doch sie war wie vom Erdboden verschluckt. Schließlich kontaktierte ich Leonie, die aber nicht mit mir am Telefon reden wollte. Ich hinterließ ihr mehrere Nachrichten auf der Mobilbox, bis sie endlich einwilligte, mich zu treffen. Wir vereinbarten ein Treffen im Stadtwald.

„Was ist passiert?", empfing ich sie aufgebracht.

Doch sie warf sich nur in meine Arme und begann zu weinen. Alles in mir sträubte sich dagegen, sie zu umarmen.

„Weißt du, was du mir angetan hast? Ich bekomme inzwischen Morddrohungen, mein Geschäft geht den Bach runter, niemand gibt mir mehr einen Auftrag. Adam lauert mir auf und bedroht mich!"

„Ich weiß, es tut mir so leid." Über ihre Wangen zog sich schwarze Wimperntusche. Ich reichte ihr ein Taschentuch. Sie schnäuzte sich laut. „Ich wollte das nicht."

„Wo ist Eva?", wollte ich wissen und hielt sie an den Schultern fest. „Sieh mich an! Wo ist sie?"

„Ich weiß es nicht."

„Lüg mich nicht an! Das ist ein ganz mieses Spiel, das ihr da spielt!"

„Ich lüge nicht. Ich weiß es wirklich nicht. Es ist alles ganz anders als du denkst."

Je häufiger wir Ausflüge machten und ich fotografierte, umso vertrauter wurde mir Eva. Ich zoomte mal ihr Gesicht, mal nahm ich sie von Weitem in der Landschaft auf. Mal mit Leonie zusammen, mal mit Adam. In der Supertotalen gefiel sie mir besonders gut. Eva allein auf dem Gipfel eines Berges, um sie herum das Alpenpanorama. Sie war ein Teil der Landschaft. Nur durch sie wurde die Umgebung komplett. Doch mehr und mehr ging ich zu den Nahaufnahmen über. Im Profil stach ihre Nase etwas unvorteilhaft hervor, und dennoch bekam ihr Gesicht dadurch etwas Markantes und Einzigartiges. Ich kaufte mir ein spezielles Teleobjektiv, das von Hochzeitsfotografen normalerweise nicht verwendet wurde, sondern eher in der Tierfotografie. Speziell bei der Nahaufnahme von Insekten und Blüten. Es erlaubte mir ein extrem nahes Heranzoomen, auch wenn ich einige Meter entfernt stand. Jede Hautpore konnte ich auf diese Weise erkennen. Jeden Leberfleck auf ihrem Arm.

„Du hast da etwas völlig missverstanden", twitterte Eva mir zwei Wochen vor der Hochzeit. „Meine Nachrichten waren rein freundschaftlich gemeint. Wie kommst du darauf, Adam zu erzählen, ich würde mich heimlich an dich ranmachen? Ich habe mir eingebildet, wir könnten Freunde sein, aber das war wohl nichts."

„Ach so." Etwas Besseres fiel mir nicht ein. „Ich wollte nur, dass Adam davon weiß."

„Und warum?"

„Er ist mein bester Freund."

„Und wenn du willst, dass das so bleibt, solltest du aufhören, dir irgendwelche Sachen einzubilden."

„O.k. Tut mir leid."

„Das sollte es auch. Er hat mich voll angeschrien."

„Das wollte ich nicht."

„Wenn du ein Problem mit meinen Nachrichten hast, sag es gefälligst mir. Ich lösch dich jetzt aus meiner Freundesliste."

„Schade."

„Pech für dich."

„☹"

„Was willst du?"

„Vielleicht können wir doch Freunde sein?"

„Dann hör auf, Adam Schwachsinn zu erzählen. Ich will nichts von dir."

„Ich habe nie behauptet, dass du was von mir willst!"

„Hat er aber so dargestellt."

„Ich habe ihm nur gesagt, dass du mir eine Nachricht wegen Treffen geschrieben hast. Da wollte er wissen, ob du mir öfter Nachrichten schickst."

„Und da hast du gesagt: andauernd. Oder wie?"

„Habe ich nicht so direkt. Aber ich finde es schon komisch, wenn du versuchst, mich über Adam auszufragen und mir von euren Problemen schreibst."

„Was soll daran komisch sein? Er will mich heiraten. Klar will ich alles über ihn wissen. Du kennst ihn am besten."

„Ich kenne ihn ganz gut."

„Aber von jetzt an werde ich nichts mehr fragen."

„Ach, komm schon. Jetzt bist du doch noch beleidigt …"

„Bin ich nicht."

„Dann schreib mir weiterhin."

„Wieso sollte ich?"

„Vielleicht weil ich dich auf meiner Freundesliste vermissen würde …"

„Was soll das jetzt wieder?"

„Darf ich dich nicht vermissen?"

„Es liest sich etwas merkwürdig. Hör zu, David, du bist ein netter Kerl und du bist Adams bester Freund. Damit ist alles gesagt."

„Wenn du meinst …"

„Ja, das meine ich."

„Du hast da etwas in den völlig falschen Hals gekriegt. Ich bin mit Leonie zusammen. Vergessen?"

„Pffff … schon klar!"

„Was soll das jetzt wieder? Leonie und ich sind ein Paar."

„Und warum vögelst du sie dann nicht endlich? Was ist das zwischen euch? So eine Art platonische Liebe?"

„???"

„Leonie hat mir alles erzählt."

„Was alles?"

„Dass bei euch nichts läuft. Tote Hose."

„Das hat sie gesagt?"

„Und noch einiges mehr. Du siehst also, auch ich habe ein paar Trümpfe im Ärmel."

„Wir sind erst seit sechs Wochen zusammen. Da muss ich doch nicht gleich mit ihr in die Kiste springen."

„Gleich? Sechs Wochen sind eine halbe Ewigkeit!"

„Ach, so siehst du das also. Und was wird dann die Ehe mit Adam für dich?"

„Na, eine ganze Ewigkeit eben."

„Das wären nach deiner Rechnung zwölf Wochen."

„Nerv mich doch nicht mit deiner Rechenlogik."

„Ich lasse mir lieber etwas Zeit."

„Wozu? Adam und ich haben es gleich beim ersten Treffen miteinander getrieben. War sofort ein Volltreffer."

„Und deswegen heiratet ihr schon nach vier Monaten?"

„Ich sagte doch: VOLLTREFFER!"

„Versteh ich nicht."

„Du bist so doof."

„Dann ist er eben ein Volltreffer. Deswegen muss man es nicht überstürzen."

„Nicht er ist ein Volltreffer. Der Sex war ein Volltreffer, du Vollidiot."

„Hä?"

„Vergiss es."

„Du bist doch nicht etwa schwanger?"

„Bingo."

„Krass."

„Du sagst es! ☹"

„Das hat Adam mir gar nicht erzählt."

„Kann er ja auch nicht."

„Wieso??? Jetzt sag bloß, du hast es ihm noch nicht gesagt???"

„☹ Trau mich nicht. Er wollte doch unbedingt dieses Romantik-Ding von Adam und Eva im Paradies."

„Ja, und?"

„Hast du schon mal eine schwangere Eva im Paradies gesehen?"

„Keine Ahnung. Gab's im Paradies keinen Sex?"

„Nein."

„Dann war das ein Scheiß-Paradies."

„😊😊😊"

„Aber im Ernst, du musst es ihm sagen."

„Ich sage es ihm gleich nach der Hochzeit. Vielleicht sogar bei der Feier. Was meinst du? Wenn alle Gäste abends schon ein bisschen angeduselt sind, gehe ich auf die Bühne, nehme das Mikro und sage: Liebster Adam, Weihnachten sind wir schon zu dritt."

„Ich weiß nicht …"

„Weihnachten wurde doch das Jesusbaby geboren. Passt doch irgendwie auch zu Adam und Eva."

„Er wird sich ziemlich verarscht vorkommen. Du bist schon im vierten Monat!"

„War gar nicht so leicht, ein Brautkleid zu finden."

„Und jetzt?"

„Was jetzt?"

„Du kannst ihn doch nicht so ins offene Messer laufen lassen."

„Meinst du, er will das Kind nicht?"

„Keine Ahnung."

„Wollte er früher nie Kinder?"

„Nein, wollte er nicht."

„Oh ☹"

„Vielleicht hat er seine Meinung geändert. Früher wollte er auch nie heiraten."

„Und wenn er mich nicht mehr will mit Baby?"

„Er wird dich schon wollen. Ihr seid ja dann verheiratet."

„Eben. Das war auch mein Gedanke. Ich sage, dass ich es erst seit heute weiß."

„Adam ist mein Freund. Ich finde das irgendwie nicht in Ordnung."

„David! Du darfst mich auf keinen Fall verraten! Versprich mir, dass du mich nicht verrätst!"

„Ich weiß nicht."

„Versprich es mir!"

„O.k. Aber es fühlt sich falsch an."

„Alles wird gut!"

Eva hatte ein besonderes Händchen für Kühe. Als wir zu dritt auf der Alm waren, zeigte sie uns, wie man melkt. Sie strich zärtlich und gleichzeitig fest über das Euter, drückte die Zitzen und zog daran so bestimmt, dass es mich erregte.

„Schau dir nur diese geschickte Handwerkerin an!", sagte Adam und stieß mich lachend an. „Da kannst du noch was lernen."

Am Abend trank er viel Bier und schlief auf der Bank vor der Hütte ein, und da ist es passiert. Als ich schlafen gehen wollte, nahmst du mich in den Arm. Du drücktest mich an dich und ich konnte deinen Busen an meiner Brust spüren und dein Haar riechen. „Schlaf gut, David", rauntest du mir ins Ohr, und für einen Moment dachte ich, du würdest mich küssen.

„Adam, wir müssen miteinander reden." Ich hatte mich drei Wochen nach der geplatzten Hochzeit bis zum Haus von Adams

Eltern vorgewagt und redete nun mit der Gegensprechanlage. „Lass mich bitte rein!" Adams Mutter öffnete mir. Sie sah blass aus.

„Adam möchte nicht mit dir reden. Verständlicherweise." Tadelnd und vorwurfsvoll sah sie mich an.

„Das ist alles ein riesiges Missverständnis."

Sie zog eine Augenbraue nach oben.

„Geben Sie mir zumindest eine Chance, das wieder ins Lot zu bringen."

Sie bot mir einen Stuhl in der Küche an und verschwand. Es dauerte lange, bis Adam endlich in der Tür erschien.

„Was willst du hier?"

„Ich will mit dir reden. Zwischen Eva und mir ist nie was gelaufen. Das verspreche ich dir. Ich gebe dir mein Ehrenwort." Die Begegnung mit Eva in der Besenkammer kurz vor der Trauung verschwieg ich lieber. Sie hatte mich in die Kammer gedrängt, die kaum größer als ein Schrank war. Ich weiß nicht, ob es an der Enge des Raumes gelegen hatte, am Geruch nach Schuhcreme oder einfach an meiner Nervosität, ich hatte keinen hoch bekommen.

„Hat Leonie also doch recht!", hatte Eva höhnisch gesagt. „Du bist impotent!"

Immer wieder ging ich die Situation in meinem Kopf durch. Wieder und wieder stellte ich mir vor, wie sich ihre Lippen an meinem Hals angefühlt hatten. Was wäre passiert, wenn ich sie tatsächlich gevögelt hätte? Wenn ich entspannt gewesen wäre? Mir wurde schwindelig bei dem Gedanken.

„Ihr habt mich hintergangen."

„Haben wir nicht."

„Ist auch schon egal", seufzend ließ er sich auf den anderen Stuhl fallen.

„Ich muss dir etwas sagen", setzte ich an.

„Also doch?"

„Nein, etwas ganz anderes. Eva ist schwanger."

Er sah mich mit ausdruckslosem Gesicht an.

„Sie ist von dir schwanger und sie wusste nicht, wie sie es dir sagen sollte."

„Und deswegen hat sie es stattdessen dir gesagt? Das macht Sinn", sagte er ironisch.

„Es war kurz vor der Hochzeit. Ich habe ihr gesagt, dass sie mit dir sofort reden soll."

„Aber sie kann nicht schwanger sein. Das hätte ich doch gemerkt."

„Sie ist schon im vierten Monat."

„Was?"

„Angeblich war euer erstes Mal schon ein Volltreffer."

„Das hat sie dir gesagt?"

Ich nickte. „Ich habe ihr gesagt, dass es ein Fehler ist, das bis zur Hochzeit geheim zu halten."

„Und seit wann weißt du davon?", wollte Adam wissen.

„Kurz vor der Hochzeit hat sie mir eine Nachricht über Twitter geschrieben", log ich.

„Über Twitter also. Wie der amerikanische Präsident. Ist wohl das bevorzugte Medium für wichtige Botschaften." Er saß noch immer zusammengesunken auf seinem Stuhl. „Und du hast es nicht für nötig befunden, mir das zu sagen?"

„Ich wollte mich nicht in eure Beziehung einmischen. Es ist eine Sache zwischen euch beiden."

„Ich hätte dich über so etwas nie im Unklaren gelassen, wenn ich mitbekommen würde, dass Leonie schwanger ist."

„Es war so kurz vor der Hochzeit. Was hätte ich denn tun sollen?"

„Jetzt weiß ich auch, warum sie es so eilig hatte mit dem Heiraten."

„Ach, komm schon. Du hattest es genauso eilig. Das brauchst du jetzt nicht auf die Schwangerschaft zu schieben. Immerhin hast du ihr den Antrag gemacht."

„Ich hätte noch gewartet."

„Aber es hätte zwischen euch doch nichts geändert, oder?", fragte ich. „Du willst doch Vater werden, oder?"

Er zuckte mit den Achseln. „Ich weiß inzwischen nicht mehr, was ich will."

„Wer ist schwanger?", platzte Adams Mutter in die Küche.

„Hast du wieder an der Tür gelauscht?"

„Ist Eva schwanger? Wirst du Vater?"

„Das behauptet der da zumindest", Adam wies mit dem Kopf in meine Richtung.

„Ist sie deswegen weggelaufen? Das arme Ding!" Adams Mutter sah besorgt aus. „Sie kam mir die letzte Zeit so merkwürdig vor. Weißt du noch, als sie sich nach dem Frühstück erbrochen hat? Da habe ich schon so etwas geahnt."

„Ist ja toll. Mein bester Freund und meine Mutter wussten, dass die Frau, die ich heiraten wollte, schwanger war. Nur mir haben sie es allesamt verheimlicht."

„Ihr seid verheiratet. Letztlich gilt die standesamtliche Eheschließung. Die kirchliche ist nur zusätzlich", mischte sich Adams Vater ein, der in der Tür auftauchte.

„Noch ein Türenlauscher", kommentierte Adam. „Ich bin umgeben von Leuten, die mich hintergehen", sagte er resigniert zu mir. „Ich habe die Ehe annullieren lassen. Schon vergessen?"

„Das muss Eva erst bestätigen. Bis dahin seid ihr verheiratet."

„Eva ist verschwunden. Ich weiß nicht, wo sie ist. Aber vielleicht weiß mein bester Freund das ja", sagte er zynisch.

Ich schüttelte den Kopf. „Nein, keine Ahnung. Und Leonie weiß es angeblich auch nicht."

Kaum hatte ich das ausgesprochen, klingelte es an der Haustür und Eva stand da mit bleicher Miene und strähnigen Haaren. Von einem Moment zum anderen waren wir plötzlich alle in einem Raum. Wie gerne hätte ich diesen Augenblick mit meiner Kamera eingefangen. Adams versteinertes Gesicht. Seine Mutter, die Eva um den Hals fiel. Sein Vater, der verlegen etwas abseits stand und nicht wusste, was er sagen sollte, und Eva, die mich ansah. Ich versuchte meinen Blick abzuwenden und doch starrte ich sie an wie ein Irrer.

Evas Mund bewegte sich. Doch noch ehe sie etwas sagen konnte, sank sie zu Boden, als hätte sie starke Schmerzen. Sie krümmte sich und hielt sich den Bauch. Dann ging alles ganz schnell. Adams Vater rief einen Krankenwagen.

„Es tut mir alles so leid", flüsterte Eva, als sie auf der Trage lag und von den Sanitätern zum Krankenwagen gebracht wurde. Sie sah Adam so flehend an, dass seine Mutter in Tränen ausbrach.

„Fahr mit ihr mit", bat seine Mutter. „Du bist ihr Ehemann."

Widerwillig stieg Adam in den Wagen.

Schon am nächsten Tag wurdest du wieder entlassen. Ich hatte mich nicht getraut, dich zu besuchen. Darum wartete ich an der Straße gegenüber des Krankenhauses. Ich weiß nicht, wie lange ich dort schon gestanden hatte, als ihr endlich aus dem Gebäude kamt. Schon von Weitem sah ich, dass ihr Streit hattet. Ich konnte nicht anders, als meine Kamera mit dem Zoomobjektiv zu nehmen und ein Bild von euch zu schießen. Über den Straßenverkehr hinweg, der sich dröhnend zwischen uns hindurchschob. Es sah so aus, als würde Adam dich anschreien. Dann sahst du mich. Du hobst deine Hand und auch Adams Blick traf meinen, nachdem ich die Kamera sinken ließ.

Er ließ sie einfach stehen. Dort vor dem Krankenhaus beendete Adam nicht nur seine Beziehung zu Eva endgültig, sondern auch unsere Freundschaft. Es gab nichts mehr zu sagen. Ich war wie erstarrt und gleichzeitig verspürte ich eine sonderbare Erleichterung. Eva lächelte mir zu und sie rannte los.

„David!", hörte ich sie rufen. Ihr Lachen und mein Name vermischten sich mit dem Quietschen der LKW-Reifen auf dem Asphalt.

„Bitte erheben Sie sich", sagte der Priester und versuchte, seiner Stimme Stärke zu verleihen. Ein eisiger Windhauch erfüllte das Kirchenschiff, als die schwere Eichentür aufgestoßen und dein Sarg hereingetragen wurde. Adam, dein Mann, war nicht gekommen. Nur seine Mutter war da und einige andere Gäste, die auch auf der Hochzeit gewesen waren. Ich nahm alles gedämpft wie durch einen Schleier wahr. Die Fenster mit der Glasmalerei, das Spiel der Sonnenstrahlen mit dem Staub in der Luft und die melancholischen Klänge der Orgel. Vielleicht würde sich gleich der Deckel des Sarges öffnen und alle würden sehen, dass Leonie dort in der Holzkiste lag und nicht du. Ich griff in meine Jackettasche und meine Finger berührten etwas Zartes. Es war dein Blütenarmband, das seit der Hochzeit in meiner Tasche geschlummert hatte. Ich hielt es in meiner Hand und die Brillanten funkelten klar und schillernd in einem ganzen Spektrum aus Farben.

Lund Weilermann: N(ich)ts im Fluss

Es gab viele Dinge, die Lund Weilermann nicht besonders mochte. Menschen, die zu spät kamen zum Beispiel, und auch solche, die pünktlich kamen. Am liebsten waren ihm jene, die überhaupt nicht kamen, wenn man sie schon zu Besuch einladen musste, weil irgendein unsinniger Feiertag wie etwa Weihnachten oder der Geburtstag seiner Ehefrau Agnes war.

Die Vögel, die schon früh morgens in den Bäumen vor seinem Schlafzimmerfenster zwitscherten, mochte er nur im Winter, wenn sie alle in den Süden gezogen waren.

Herr Weilermann hatte eben gerne seine Ruhe und daran war schließlich nichts verkehrt.

Doch am wenigsten konnte er das neue Insektenhotel leiden, für das er einen halben Quadratmeter seines ordentlich gestutzten Englischen Rasens geopfert hatte, weil Agnes gemeint hatte, man müsse heutzutage etwas für die Bestäuber tun. Obwohl Lund Weilermann im Baumarkt extra das am besten lackierte und makelloseste Wildbienenhotel ausgesucht hatte, das er finden konnte, machte es ihm nicht lange Freude. Anfangs war er zwar richtig stolz auf sich selbst, als er das weiß glänzende Hotel exakt mit der Wasserwaage austariert in die Wiese einbetoniert hatte, 50

Zentimeter Abstand zur Hauswand und 50 Zentimeter Abstand zum Blumenbeet, denn wenn er sich schon handwerklich betätigte, machte er keine halben Sachen. Doch schon kurz darauf musste er feststellen, dass sich statt der erwarteten Wildbienen vor allem anderes Getier dort einnistete. Das ärgerte ihn. Schließlich hatte er es für Wildbienen gebaut und zwar NUR für Wildbienen und nicht für das ganze andere Viehzeug wie Spinnen oder Käfer, die sich dahinter einzuquartieren begannen und das Refugium allmählich zu einem Schandfleck in seinem Garten machen würden.

Herr Weilermann war eben ein Mann der Ordnung und daran gab es nichts auszusetzen.

Während er noch einen abwägenden Blick in den Spiegel warf und überprüfte, ob sein Scheitel exakt mittig gekämmt und sein Haar mit der Pomade glatt an den Kopf gelegt war, zupfte er die dunkelblaue Krawatte nochmals etwas zurecht, bis sie tadellos saß. Er sah sich selbst tief in die grauen Augen und nickte anerkennend.

„Hast du mir überhaupt zugehört?", kreischte seine Ehefrau Agnes laut aus der Küche und ihre Stimme klang tränenunterdrückt.

„Ja", entgegnete Lund Weilermann ruhig, „du bist leider nicht zu überhören."

„Ich ziehe zu meiner Schwester! Ich kann es nicht mehr ertragen, mit dir zusammenzuleben!"

„Wieso wolltest du, dass ich das Insektenhotel einbetoniere, wenn du sowieso zu deiner Schwester ziehst?"

„Hör doch mit diesem verdammten Insektenhotel auf! Darum geht es überhaupt nicht! Nie verstehst du mich!"

Weil er nicht wusste, was er darauf erwidern sollte, und tatsächlich nicht begriffen hatte, um was es Agnes im Kern ging, nahm er schnell seine braune Aktentasche und verließ das Haus. Er hatte mit Agnes noch nie gestritten. Sie mit ihm aber schon öfter, was, wie er vermutete, nur an hormonellen Schwankungen liegen konnte, und in solchen Fällen war es besser, zu gehen und abzuwarten.

Herr Weilermann mochte es eben lieber, wenn seine Frau in allen Belangen seiner Meinung war, und das war ja auch nichts Schlechtes.

„Wenn Agnes tatsächlich zu ihrer Schwester zieht, werde ich mir in Zukunft die Krawatten selbst bügeln müssen", schoss es ihm durch den Kopf, als er die Treppen zum Finanzamt hochging und sich dabei ertappte, wie er eine Liste im Kopf erstellte, welche Vor- und Nachteile ein Auszug seiner Frau nach 22½ Ehejahren für ihn haben würde. Auch die Brote, die sie ihm jeden Morgen für die Arbeit schmierte und einpackte, würde er sich dann selbst zubereiten müssen. Andererseits müsste er keine Insektenhotels mehr einbetonieren. Er würde sich in der Mittagspause Zeit nehmen, um eine ausführliche Liste mit pro und contra zu verschriftlichen.

Herr Weilermann hatte eben gerne Klarheit und er mochte Strukturen. Das konnte man ihm nicht als Schwäche auslegen.

„Wollen Sie in dem Aufzug in die Natur gehen?", hörte er die Stimme seines Kollegen hinter sich.

„Wieso in die Natur gehen?", kaum hatte Herr Weilermann diese Worte ausgesprochen, da fiel es ihm wie Schuppen von den Augen. Heute war dieser unsägliche Tag, den er seit Wochen versucht hatte, zu verdrängen. Gerade noch hatte er gedacht, der Tag könnte nicht noch schlimmer werden.

Vor sechs Wochen hatte sich Annekin de Vrys als neue Vorgesetzte im Finanzamt vorgestellt. Sie ließ vom ersten Moment an keinen Zweifel daran, dass sich der Wind von nun an in der Abteilung drehen würde. Von einem sanften Südwestwind, der bisher den wohlgeordneten Gang der Behörde gemächlich durch die ausgedehnten Kaffeepausen begleitet hatte, hin zu einem stürmischen Nordwind, mit dem sie die Abteilung modernisieren würde.

Zwischen den Herren in dunkelblauen oder grauen Anzügen wirkte sie in ihrem bunten Sommerkleid wie ein Papagei, als sie verkündet hatte: „Meine Herren, wie mir scheint, müssen wir an unserer Kommunikations- und Teamfähigkeit arbeiten, weswegen ich ein ganz besonderes Bonbon für Sie habe, damit wir uns alle besser kennenlernen." Nachdem sie eine kunstvolle Pause eingelegt hatte und sich der vollen Aufmerksamkeit der Anwesenden sicher war, fuhr sie fort: „Wir werden einen Tag in der Wildnis verbringen zum Teambuilding." Dabei klatschte sie begeistert in die Hände und grinste über das ganze Gesicht, weil nun endlich die Modernisierung der Behörde durch zeitgemäße Maßnahmen in die Wege geleitet werden würde.

Wenig später hatte Herr Weilermann die offizielle Einladung erhalten, in der es u. a. hieß:

Bei unserem Teambuilding-Event potenzieren wir Synergien auf dem highest Level! Team-Spirit wird in der Wildnis erlebbar, und gemeinsam wachsen wir zu einer starken Taskforce! Action, Fun und das Austesten der eigenen Grenzen gehören ebenso dazu wie Meditation und Yoga in der freien Natur. Aus Kollegen wird eine Mannschaft für mehr Effizienz im Arbeitsalltag!

Weiter hatte Lund Weilermann nicht lesen können, weil ihm schwarz vor Augen geworden war. Wildnis – das hatte ihm gerade noch gefehlt. Wahrscheinlich würden sie auch noch durch hohes Gras und Unterholz laufen müssen, wo Zecken oder andere wilde Tiere lauerten. Die Zecke war der wirkliche Wolf Bayerns, daran bestand gar kein Zweifel.

Herrn Weilermann war eben seine Gesundheit sehr wichtig, und er setzte sich nicht gerne unnötigen Risiken aus. Das konnte ihm niemand ankreiden.

Wann immer in den darauffolgenden Wochen das Gespräch zwischen seinen Kollegen auf diesen Tag gekommen war, hatte er versucht, sich taub zu stellen und sich einzureden, dass das Wort „Einladung" auf der Ankündigung einen gewissen Freiraum offen ließ, eventuell auch nicht teilzunehmen. Andernfalls hätte auf dem Brief schließlich „Dienstanweisung" gestanden. Außerdem musste ja jemand im Büro die Stellung halten, wenn alle anderen in der Wildnis nach ihren Synergien oder was auch immer suchten.

Das war ein Trugschluss gewesen, wie ihm schnell klar wurde, als Annekin de Vrys plötzlich in seinem Büro auftauchte, ganz in safarigrün gekleidet, mit klobigen Wanderstiefeln und einem Schlapphut auf dem Kopf und resolut mit den Armen wedelte: „Jetzt aber schnell, Herr Weilermann, Sie verpassen ja noch den Bus."

„Ich wollte lieber Telefondienst machen", versuchte Lund Weilermann, sich aus der Affäre zu ziehen.

„Papperlapapp!", entgegnete seine Vorgesetzte schroff, „alle fahren mit. Sie sind ein ebenso wichtiger Teil unseres Teams wie jeder andere auch."

Bisher hatte er sich nie als Teil eines Teams betrachtet. Er prüfte tagein, tagaus Steuererklärungen, und das tat er sehr gewissenhaft. Streit mit einem seiner Kollegen hatte er noch nie gehabt und soweit es ihn anging, fand er seine Arbeit effizient genug.

Herr Weilermann ließ sich eben nicht gerne hetzen. Es gab schon genügend Menschen, die Burn-out gefährdet waren. Das müsste doch selbst eine Annekin de Vrys einsehen.

Im Bus musste Herr Weilermann feststellen, dass er der einzige war, der sich nicht auf den Tag zu freuen schien. Es herrschte eine geradezu unnatürliche Heiterkeit und Vorfreude, was der Teambuildingtag bringen würde.

Als der Bus am Waldrand hielt, äugte Lund Weilermann argwöhnisch aus dem Fenster. Doch im strahlenden Sonnenschein konnte er zunächst nichts Bedrohliches an den Bäumen feststellen. Das änderte sich, als die Gruppe von der Leitung, einer jungen Frau, die sich als Anna vorstellte, und einem jungen Mann, der Andi hieß, die beide übertrieben sportlich aussahen und versuchten, gute Laune zu versprühen, zu einem ersten Kennlernspiel aufgefordert wurden. Zum miteinander Warmwerden, wie es hieß. Sie sollten sich im Kreis aufstellen und einander ein Wollknäuel zuwerfen. Wer das Knäuel fing, sollte seinen Vornamen sagen und ein Tier dazu, das mit demselben Buchstaben wie der Vorname anfing, und das Ende der Wolle festhalten, sodass ein Netz zwischen ihnen entstand. Lund Weilermann überlegte fieberhaft, welches Tier mit „L" anfing, als ihn das Knäuel auch schon am Kopf traf. Alle grölten vor Lachen, als er sich umständlich bückte, um die Wolle aufzuheben.

„Llllll Lund", sagte er. Ihm wollte einfach kein Tier mit L einfallen, und er spürte, wie ihm die Schweißperlen von der Stirn liefen. Es kam ihm so vor, als wäre seine Krawatte zu eng gebunden, und er japste nach Luft.

„Fällt Ihnen kein Tier mit L ein?", fragte die junge Frau. „Dann gebe ich die Frage mal an ihr Team. Denn schließlich sind wir ja ein Team, damit wir uns gegenseitig helfen können. Kennt jemand von Ihnen ein Tier mit L für Lund?"

„Libelle!"

„Leguan!"

„Lama!"

„Leopardenfrosch!"

„Laus! Lund Laus! Das ist gut!"

„Suchen Sie sich etwas aus. Was gefällt Ihnen am besten?", wollte Anna wissen.

„Dann eben Lund Lama", sagte Herr Weilermann missmutig und warf unter allgemeinem Gelächter das Wollknäuel weiter.

„Aber nicht spucken!", konnte sich ein Kollege nicht verkneifen, dazwischenzurufen.

Lund Lama Weilermann war erleichtert, als das Spiel endlich vorbei war und sie sich auf den Weg in den Wald machten, zu einer besonderen Überraschung unten beim Wasserfall, wie es hieß. Er wollte gar nicht wissen, worin diese Überraschung bestand. Den Wasserfall kannte er schon von früher. Er hatte einmal einen Ausflug dorthin gemacht, das war aber schon viele Jahre her. So etwas interessierte ihn nicht und so stapfte er hinter seiner Gruppe her. Doch bald wurde der Pfad schmaler und unwegsamer. In den feinen Lederschuhen war es schwierig, über die Wurzeln und Steine zu gehen, ohne auszurutschen. Die Sohlen waren für glattes PVC gemacht. Er schwitzte immer stärker und lockerte die dunkelblaue Krawatte etwas. Es dauerte nicht lange und er fiel hinter der Gruppe zurück. Seine rechte Ferse schmerzte. Wahrscheinlich hatte er sich schon nach wenigen 100 Metern eine Blase gelaufen. Die körperliche Anstrengung war für ihn ungewohnt und die Hitze machte ihm zu schaffen.

„Nur einen kurzen Moment ausruhen", dachte Herr Weilermann und lehnte sich gegen einen Felsen. Er könnte sein Jackett ausziehen, auch wenn er das noch nie während seiner Arbeitszeit gemacht hatte. Bestimmt hätte Agnes ihm passende Kleidung rausgelegt, wenn er ihr gesagt hätte, dass er heute in den Wald gehen musste. Er seufzte und ging langsam gedankenversunken weiter bis zu einer Weggabelung. Wo war seine Gruppe? Gerade hatte er sie doch noch lachen und schwatzen gehört. Er lauschte. Keine Stimmen waren zu hören. Sollte er nach ihnen suchen oder lieber gleich zurück zum Bus gehen? Das wäre allerdings ziemlich peinlich, wenn später alle anderen zurückkämen und er zugeben müsste, dass er schon nach einer Viertelstunde den Anschluss verpasst hatte. Er entschied sich für den rechten Weg, denn der schien ihm etwas breiter und weniger steinig. Zunächst ging es geradeaus, doch dann machte der Weg eine Kurve und es ging steil hinauf vorbei an Felsblöcken. Der Pfad schlängelte sich zwischen den Felsen hindurch wie durch ein Labyrinth und Herrn Weilermann kamen Zweifel, ob er tatsächlich den richtigen Abzweig genommen hatte. Doch hatte er nicht eben aus der Ferne Stimmen vernommen? Er musste schneller laufen, sonst würde er sie nie einholen. Die Blase an seiner Ferse ließ ihn die Zähne vor Schmerzen zusammenbeißen.

Er lauschte erneut und war sich nun sicher, dass er von links Stimmen hörte. Doch der Weg führte weiter nach rechts, also war es wohl besser, querwaldein zu gehen und den Weg so abzukürzen. Seine dunkelblaue Krawatte verfing sich plötzlich in einem Dornenstrauch. Er rutschte aus und japste nach Luft, als sich der Stoff fester um seinen Hals zuzog. Er würde sie dem Gestrüpp nicht überlassen. Mit hoch rotem Kopf versuchte er, sie aus den Dornen zu befreien. Seine Hände bekamen Kratzspuren ab. Die schöne Krawatte! Der Stoff war an einigen Stellen aufgeraut, als er sie endlich befreit hatte. Ein paar kleine Blutstropfen von seinem Handrücken waren auf dem dunkelblauen

Stoff zu sehen. Herr Weilermann atmete tief durch. Jetzt, da er die Krawatte erfolgreich zurückerobert hatte, band er sie sich erneut ordentlich um den Hals. Vorsichtshalber steckte er sie in sein Hemd, damit sie nicht noch mehr Schaden nahm.

Doch seine Gruppe konnte er nicht finden. Er lauschte. Irgendwo in der Ferne hörte er Wasser rauschen. Dort würde er sie sicher finden. Verdrossen stapfte Lund Weilermann weiter durch das Unterholz und verfluchte in Gedanken seine Chefin, die seine Routinen durcheinandergebracht hatte, bis er endlich an den Fluss kam. „Es wäre sicherlich vernünftig, die Lederschuhe auszuziehen und die Füße etwas zu kühlen", dachte er. Und so setzte er sich auf einen größeren Stein am Flussufer und zog die Schuhe und die verschwitzten dunkelblauen Strümpfe aus. Seine Füße waren voller Flusen und beide Fersen bluteten. Das Leder hatte so stark gerieben, dass ihm Zweifel kamen, ob er die Schuhe überhaupt wieder anziehen konnte. Er testete das Wasser zunächst mit dem großen Zeh und stand dabei etwas wackelig auf einem Bein. Es war angenehm kühl und so krempelte er die Hosenbeine hoch und stapfte vorsichtig in den Fluss. Das Wasser umspülte seine schneeweißen Waden und er entdeckte zwei Libellen, die in der Luft zu stehen schienen wie Hubschrauber. Sie umkreisten einander, als würden sie spielen, und flogen dann weiter. „Wann habe ich das letzte Mal meine Füße in einem Fluss gekühlt?", fragte sich Herr Weilermann. „Das muss wohl in meiner Kindheit gewesen sein." Er genoss die Sonne in seinem Gesicht und folgte fasziniert den beiden blauglänzenden Libellen. Zuerst nur mit seinem Blick, dann watete er ihnen hinterher durch das seichte Wasser. Die Steine unter seinen Füßen fühlten sich uneben und doch glatt an. Dabei dachte er an die Sommerferien in Kindertagen bei seinen Großeltern, die an einem Bach gewohnt hatten. Er spürte, wie die Strömung stärker wurde und das Wasser ihm bald bis an die Knie reichte. Hätte Herr Weilermann nach unten gesehen, wäre ihm aufgefallen, dass das Flussbett steil abfiel. Doch weil er seine Augen auf das Spiel der Libellen gerichtet hielt, merkte er es zu spät. Er glitt auf einem moosigen Stein aus und stürzte kopfüber in das Wasser. Er schlug mit der Stirn hart gegen einen Felsen und war für einen Moment benommen. Als er wieder ganz Herr seiner Sinne war, fand er sich im strudelnden Wasser wieder. Panisch wedelte er mit den Armen und strampelte mit den Beinen. Er rief nach Hilfe, doch niemand hörte ihn. Sein nasses Jackett erschwerte ihm das Schwimmen, bis er es endlich abstreifte. Die Krawatte streifte er ebenfalls ab, als er unter Wasser sank. Es kam ihm so vor, als hätte er eine große Last von sich geworfen, als das Kleidungsstück davonschwamm. Er japste nach Luft und als er endlich den ersten Panikanfall überwunden hatte, schaute er nach dem Ufer. Der Fluss war breit und die Strömung riss ihn fort. Er versuchte, gegen die Wassermassen zu schwimmen, doch Lund Lama Weilermann war ein sehr schlechter Schwimmer. Er hörte ein Rauschen in der Ferne. Donnernde Wassermassen schienen flussabwärts in die Tiefe zu stürzen. „Der Wasserfall!", schoss es ihm durch den Kopf. Lund Weilermann gab auf. Er wusste, dass er den Sturz nicht überleben würde, und ließ sich im Wasser treiben. Das Rauschen wurde immer lauter. Er konnte sich nicht entschließen, gegen den Strom anzukämpfen. Lund Laus, Lund Lama, Lund Langweiler, wie ihn früher seine Mitschüler gerufen hatten. Ich bin Niemand, dachte er und spürte die Kälte in jede Pore seines Körpers eindringen. Er tauchte mit dem Gesicht unter und öffnete die Augen. Luftblasen, Algen, Felsen. Er sah an sich selbst herunter, wie seine Beine sich im Wasser bewegten. Der Stoff seiner Hose umspielte seine Konturen. Er atmete aus und sah den Luftblasen nach, die aus seinem Mund entwichen, bis seine Lungen leer waren. Der Atemreflex trieb ihn keuchend nach oben. Herr Weilermann prustete und japste nach Luft. Er keuchte. Löwe! Ich bin Lund Löwe! Er nahm all seine Kraft zusammen und kämpfte gegen den Strom an, bis er endlich einen Felsen erreichte, an dem er sich hochzog. Erschöpft blieb er dort liegen und spürte seinem Atem nach und seinem Herzschlag. Über ihm flogen die beiden Libellen. Zum ersten Mal seit vielen Jahren fühlte er sich wahrhaft lebendig.

Lund Löwe Weilermann spürte, dass es womöglich noch viele Abenteuer dort draußen gab, und er entschied sich, dem Leben eine zweite Chance zu geben, auch wenn das bedeutete, gegen den Strom zu kämpfen. Als Erstes würde er Agnes zuliebe ein zweites Insektenhotel einbetonieren, das allen sechs- und achtbeinigen Lebewesen offenstand.

Auch wenn Herr Weilermann immer ein Mann der kleinen Abenteuer bleiben würde, waren kleine Abenteuer doch besser als gar keine Abenteuer. Daran, dass auch einen Beamten ab und zu die Abenteuerlust packt, war schließlich nichts verkehrt.

Lyrik

Die verflixte siebte Wurst

hysterisch hektisches sonntagsmanöver
töchterchen stürmt die schlafzimmerfestung
blitzangriff mit anschwellendem stimmchen
sirenenhaft traumfetzen fliehen erschrocken unter das bett
hinter den schrank ruckartig
fahre ich hoch aus tiefen nachtbildern
der spuckt
die wohlige wärme der decke möchte mich
nicht freigeben tadelnd
missbilligend schaut das leuchtende
ziffernblatt des weckers in meine richtung
mahnend, vorwurfsvoll, ertappt
5 Uhr 30
würgen von ferne
ganz ohne speerspitze im rücken eile
ich da steht der kleine
mann halb über die toilette gebeugt
röcheln stöhnen plätschern, hilflos
lege ich meine hand sanft zwischen seine
schultern, tröstende worte mechanisch
übertönender würgereiz
schwallartig über die klobrille dieses
hohle plastikauge zum keramikbrunnen
in weiß jetzt bekleckst zu klein
für treffsicherheit aus nase und mund
geruch säuerlich scharf sprühend
sprenkelmuster auf hellen kacheln beißend
fliesen und boden dunkelbraun benetzt
wie aus einem farbbeutel, den jemand
an die wand geklatscht hat schlammwasser-

bombe mit magensaft gebröckel
stückchen bratwurst?
verschrumpelte dunkelbraune fetzen
in hellgelbem schleim an der täfelung
schnaufen nach luft
ringen
die siebte wurst war schlecht, mama
flüsternd mit tränen in den augen
wie große pfützen im sommersprossigen
gesicht verzweifelnder gewissheit
auf dem boden spiegelt sich das licht
bis zur sechsten ging es gut
verschwindet blass und schlurfend zum sofa
das lockt mit wärme und ruhe und teddy
dem beschützer und versteher
töchterchen ist auch längst zurück
im warmen
nest lockt die träumlinge hervor unter dem bett
durch leise schnarchmelodien lausche ich
in die ruhe nach dem sturm
der blitzangriff war hinweg gezuckt schlacht-
feld bleibt mir überlassen, muss geräumt
gesäubert werden im stillen niemandsland
als tapfere amazone greife ich zu schrubber
statt doppelaxt und pelte
sagrotan und küchenrolle
und blicke dem feind mutig ins angesicht
stoisch gegen mageninhalt
diesen kampf gewinnt hippolyte
im brummen der toilettenlüftung

abendrot – gedicht zur guten nacht

für dich und mich

vorboten beim abendbrot backen
die engel roten wolkenkuchen
steigt der rauch aus ihrem himmelsofen
schloten voll schaumig bauschiger
schwingen eingeschenkt in rosa himbeersirup
glatt, gleißend und wattig weich, wellige gesäume

blau

fransige fetzen eines offenen mantels im spotlight
glitzernde rosenpaillietten entblößt, gemälde
meiner großeltern über dem ehebett
mit hirte und schafen vor schäfchenwolken
verträumt, decke in zartrosa vom roten socken
in der waschmaschine vergessen, haare

grau

wird der vorhang morgen schwinden
verwandelt von dem nahenden engel
essen kuchen hinter wolkenpalästen
aus regentürmen, die morgen durchstürmen
den garten, die wiese, das haar
der oma mit frischer dauerwelle

silbern

strahlt der himmel glitzerstreifen
golden durchstechen die löchrige zarte
rosendecke, täuschende wärme,
die nicht bleibt bei dir und mir
verheißung, entschuldigung für das,
was kommen mag und noch nicht ist

schwärze

sich ankündigt gegen uns
als beschenke der himmel seine kinder
dich und mich bevor sich die schleusen
öffnen aus strahlen werden ströme
verwandeltes rosa in grau, spüre ich schon jetzt
die nahende nässe der nord-nacht

verwaschen.

Pflanzenbegegnung:

Die Kohldistel –

gegessen und nie mehr vergessen

Im distligen Dornröschen-Dösen
Verspricht dein Name Stachelgenuss
Und heilsamen Geschmacksverdruss
Willst pieksend Bauchweh lösen
Mit Drachenrücken-Blätterzacken
Disteln die Nadeln in den Backen
„Hat hier zufällig jemand ein Glas Wasser?"
Die Dornen im Hals machen die Augen nasser
Hellgrüne Blätter, gelblich, blasser
„Geschmacklich ist es auch nicht ganz rund!"
Doch für Kühe sicher sehr gesund

Solistin auf kantig sehnigem Stängel
Im Blätter-Familien-Bett schlummern die Blüten
Während die Stacheln noch im Magen wüten
Wurzelnder Lebenssaft gegen Mängel
Kohl erinnert an Winter, an Armut
Doch Sonnenkohl, Blumendistel, verzaubernde Anmut
Du überragst alle anderen weit
Stehst als Wiesen-Wächterin wonnig bereit
Scheinst von der Schwerkraft fast befreit
Verträumt schaust du in die Ferne
Deine Sicht auf die Welt wüsste ich gerne

Der Kuhzungen kraftvolle Küsse versüßen
Während du posierend den Himmel neckst
Und dich noch weiter nach oben reckst

„Auf Drachenschwingen muss es gelingen, die Sonne zu grü-
ßen!"

„Aus dem Weg! Wer sticht die Wolken, die höchsten?"

„Wer wächst auf der Wiese am größten?"
Im Wettkampf, wer die meisten Hummeln verführt
Den Notlandeplatz für Hubschrauber-Hummeln berührt
Die summeln und brummeln von Blüte zu Blüte
Leben vom Distelstolz, verführender Güte
Wenn ihr die Dämmrungskühle später spürt
Wird die Kohldistel-Königin gekürt

Der Wattebausch

Der Morgen bricht an,
ein dunkler Traum hat seine Decke
über dich gebreitet,
da ist nichts in dir
außer Schwere,
dein Körper in die Matratze gepresst,
als würde ein Betonpfeiler auf dir ruhen.
Ein schwacher Lichtstrahl fällt durch die Gardine,
du versuchst die Decke zu heben,
ich sehe es in deinen Augen,
heute ist einer dieser Tage,
an denen sich der Schleier nicht lichtet,
es wäre besser, die Augen wieder zu schließen
und darauf zu warten, dass der Tag vorbeizieht,
ausradiert aus dem Kalender,
ohne Erinnerung in deinem Gedächtnis.
Du atmest wie eine Maschine
im Standby-Modus,
das Herz schlägt offensichtlich,
ich weiß nicht, ob dich das beruhigt,
du hast heute kein Gefühl
zu dir und zu deinem Leben.
Und dieser Wattebausch
über deinen Sinnen,
über den Gefühlen,
lässt dich im Nebel zurück,
hüllt dich ein
unter der dunklen Decke
deiner Alpträume,
die sich selbst im Tageslicht

nicht wegschieben lassen.
Ein grauer Dunkeltag in deinem Kopf,
aber keine Sorge,
die Maschine läuft
im Standby-Modus auch ganz gut
und wenn doch eine Sicherung durchbrennt,
dann werde ich dich tragen,
deine Teile liebevoll zusammenhalten,
die Verbindungen umgarnen.
Das Lächeln hast du lange geübt,
du brauchst keine Angst zu haben,
ich schäme mich nicht für dich,
für mich bist du keine Maschine
im Standby-Modus,
ich halte dich fest,
ganz fest,
du kannst dich auf mich verlassen.
Aber in dir ist der Wattebausch,
du spürst dich nicht,
ob ich dich grob oder sanft berühre,
du kannst es nicht sagen,
du hast schlecht geträumt,
was würde ich dafür geben,
könnte ich die Watte in deinem Kopf
vertreiben.
Doch morgen wird wieder ein Sonnentag,
vielleicht,
und wenn nicht,
dann übermorgen,
das verspreche ich dir.

Fluss und Fels und Freund – und eine Verehrerin

Fluss

Fluss und Fels

Fels

Fels und Freund

Fluss und Freund

Fluss und Fels und Freund

und eine Verehrerin

Ich habe Dir nie gesagt, dass ich ertrinke

Ich habe Dir nie gesagt, dass ich ertrinke, wenn Du mich loslässt.
    Dass ich überhaupt nicht schwimmen kann –
    Und tauchen schon gar nicht.

Ich habe es nicht gesagt, weil jeder Mensch
    Frei sein soll – und auch Du sollst Dich nicht sorgen –
    Um mich, wenn Du gehst

Es ist nur die Sonne, die mich blendet,
    Meine Augen feucht werden lässt.
    Geh nur, es ist alles gut, vielleicht bis irgendwann.

Dann stieg das Wasser bis zum Bauchnabel.
    Bis zur Brust. Es hätte das Feuer in mir
    Löschen können, doch das tat es nicht.

Ich überlegte zu schreien, aber Du sollst Dich
    Nicht sorgen um mich. Du sollst frei sein.
    Das waren die Regeln des Spiels – unseres Spiels.

Gelähmt sehe ich nun die Luftblasen aufsteigen.
    Die Wellen schlagen über meinem Kopf zusammen.
    Im Ertrinken strecke ich den Arm raus und winke Dir
    zu.
Du winkst lächelnd zurück, weil Du Dich
    Freust, dass es mir so gut geht.

Sturm und Wolken, Wellen und Sand – Perlen für Dich

Sturm – blättere in meinem Notizbuch
zerzause alte Gedanken
schlage neue Seiten auf
unbeschrieben und leer
flattern sie aufgeregt wartend

Sand – wehe über das Papier
schmirgle Ergrautes ab
unter unzähligen Körnern begraben
verschwindet und vergeht
was war ist hinweggewischt

Wellen – nehmt die kreisenden Gedanken
löst sie auf in eisiger Fluten Gischt
schäumend verwirbelnde Abkühlung
ertränkt und davon getragen
im ohrenbetäubenden Rauschen

Wolken – breitet eure Kuppel über mich
lasst Regen jeden Strich rein waschen
grau blaue Ungetüme
der Horizont wird neu geboren
in der Mine meines Stifts

Muscheln – bewahrt meine Träume
verschließt die Geheimnisse in euch
mit Sturm und Wellen, Wolken und Sand
werden aus Wünschen Perlen
zum Verschenken an Dich

Lausige Texte

Madame Lolitas Anleitung für lausige Texte

Während man beim Lesen mancher Blogs oder Kurzgeschichten schnell abfällig den Kopf schüttelt, wie jemand „sooooo mies schreiben kann", ist es gar nicht so einfach, bewusst einen wirklich schlechten Text zu schreiben. Wahrscheinlich hat jeder von uns schon mal eine Geschichte geschrieben, die nicht ganz optimal war. Aber so richtig schlecht? Ich habe die besten Tipps für schlechte Texte zusammengestellt, mit denen Sie jeden Kritiker zur Verzweiflung bringen.

Bevor Sie richtig anfangen:

Zuallererst schalten Sie die Rechtschreib- und Grammatikkorrektur in Ihrem Schreibprogramm aus. Wer will schon dauernd von roten und grünen Unterstreichungen belästigt werden?

Wählen Sie gleich am Anfang einen nichtssagenden Titel, der alles offen lässt „Heute", „Liebe", „Weiß ist weiß". So werden Sie in Ihrer Fantasie nicht eingeschränkt. Führen Sie den Leser schon mit dem Titel aufs Glatteis. Wer will schon das bekommen, was auf einer Verpackung draufsteht?

Sie möchten lieber einen aussagekräftigen Titel? Dann wählen Sie bewusst einen, der so ähnlich klingt wie ein Bestseller, dann findet Ihr Werk später Beachtung: „Das Schicksal ist ein mieser Verlierer", „Er ist wieder hier", „Wann wird es endlich wieder so, wie es war?", „Geheimes Verschlingen", „Schmitz' Häufchen", „Shades of hay".

Kennzeichnen Sie niemals Zitate im Text. Fußnoten und Literaturverzeichnisse sind reine Platzverschwendung. Sie haben Skrupel wegen der Plagiatsaffären? Dann ordnen Sie Zitate nach eigenem Gutdünken zu, das merkt schon keiner und erspart Ihnen das Nachschlagen: „Zwei Dinge sind unendlich, das Universum und die menschliche Dummheit, aber bei dem Universum bin ich mir noch nicht ganz sicher" (Mister Spock, Raumschiff Enterprise).

Form und Grammatik:

Es ist nicht nötig, sich schon zu Beginn auf eine bestimmte Zeitform festzulegen. Schreiben Sie mal im Präsens, mal im Präteritum oder im Perfekt. Springen Sie rein intuitiv zwischen den Formen hin und her. Das ist Ihre persönliche Freiheit als AutorIn. Warum nicht mal eine Kombination aus Futur II und Plusquamperfekt wagen, um Ihren Intellekt zu unterstreichen? Diesen Zeitformen wird sowieso immer zu wenig Aufmerksamkeit geschenkt. Es wäre für die Leserschaft sicher spannend, etwas darüber zu erfahren, wie es ist, wenn jemand in der Vergangenheit auf etwas zurückblickt, das zeitlich gesehen in einer noch ferneren Vergangenheit liegt, um dann den Blick auf Ereignisse zu öffnen, die in der Zukunft wahrscheinlich einmal abgeschlossen sein werden. Sozusagen eine Kombination der Perspektive der alttestamentlichen Propheten auf ein Science-Fiction-Szenario in dreitausend Jahren.

Die Erzählperspektive ist beliebig. Ob Ich-Erzähler oder Allwissender-Erzähler, eigentlich passen die doch immer irgendwie. Halten Sie sich also nicht lange damit auf, zu überlegen, was für Ihre Handlung stimmig ist. Schließlich können Sie die Perspektive immer wieder wechseln, das zeugt von einem regen Geist. Schreiben Sie einfach mal drauf los!

Halten Sie sich nicht mit den besonderen Merkmalen einer bestimmten Textgattung auf. Wen interessiert schon, worin sich Kurzgeschichten, Novellen oder Fabeln unterscheiden? Wir sind hier schließlich nicht im Deutschunterricht.

Beachten Sie, dass Satzzeichen nur etwas für Weicheier sind. Sparen Sie an Punkten, wo Sie nur können. Die Verwirrung, die durch Schachtelsätze entsteht, wird mit hoher Intelligenz des Schreibers gleichgesetzt (kennt man schließlich aus Fachbüchern und von Politikern …).

Beginnen Sie Aufzählungen und Vergleiche, ohne diese weiterzuführen, z. B. „Das Erste war, dass… " oder „einerseits …". Kein Mensch interessiert sich dafür, was „das Zweite" oder „andererseits" ist.

Stellen Sie unpassende und verwirrende Vergleiche her, die animieren den Leser zum Nachdenken. Beispiel: „Beim Biss in das Orangenmarmeladenbrot spürte er ein plötzliches leichtes Ziehen im Bauch wie einen Vorschlaghammer."

Es genügt, wenn Sie sich auf wenige Konjunktionen beschränken. Meistens reichen „dann", „und", „weil".

Den Genitiv braucht kein Mensch.

Lassen Sie Ihren Text auf keinen Fall Korrektur lesen. Diese selbsternannten Kritiker wollen Sie doch nur verunsichern und sich an Ihnen bereichern!

Zum Inhalt:

Recherchieren Sie auf keinen Fall Fakten. Die Hauptstadt von Australien ist Sydney? Klar – das weiß doch jeder. Lassen Sie sich nicht von anderen belehren oder verwirren. Wikipedia ist etwas für Anfänger.

Geben Sie Ihrem Protagonisten die nötige Dramatik: Drogenabhängig oder ein Waisenkind zu sein, reicht schon lange nicht mehr. Wie wäre es mit einem feinfühligen Islamisten, der im Rollstuhl sitzt, als schwuler Callboy arbeitet und eine besondere Schwäche für Laserschwerter hat?

Diesen dramatischen Protagonisten lassen Sie nun die Herausforderungen des Alltags meistern. Beschreiben Sie ausführlich, wie der feinfühlige Islamist zum Briefkasten geht.

Oder Sie gehen den umgekehrten Weg: Beschreiben Sie den Protagonisten mit langweiligen und möglichst unkonkreten Adjektiven („er ist schön", „er sieht gut aus") und lassen Sie ihn dann unglaubliche Heldentaten vollbringen, die so überzogen sind, dass selbst James Bond erblasst. Beispiel: „Nachdem er mit dem Motorrad die 50 Meter hohe Brücke, umgeben von reißenden Flammenwerfern, runter gestürzt ist, sah seine Frisur immer noch gut aus."

Bauen Sie Sado-Maso-Szenen ein, die sind gerade sehr beliebt. Hierbei auf jeden Fall das Stereotyp „Karrierefrau wartet schon ewig darauf, von einem echten Kerl richtig gedemütigt zu werden" bedienen. Überhaupt sollten Sie mit Sex nicht sparen, aber bleiben Sie unbedingt bei schwammigen derben Schlagworten wie F***** oder Vö****, da kann sich jeder etwas drunter vorstellen.

Scheuen Sie sich nicht, zwischen den Zeilen unauffällig das zum Ausdruck zu bringen, was Sie schon immer mal sagen wollten.

Beispiel: „Das frischvermählte Ehepaar fuhr auf dem Weg zum Flughafen an einer Litfaßsäule vorbei, an der ein altes Wahlplakat der SPD hing. Die Partei, die für Hartz IV und die Kinderarmut in Deutschland verantwortlich ist. Das Brautpaar freute sich auf die Flitterwochen in Marokko."

Geben Sie Ihren Protagonisten kreative Namen, die überhaupt nicht zu ihren Charaktereigenschaften passen. Den feinfühligen Islamisten nennen Sie „Paul Lustig". Oder geben Sie mehreren Personen ausländische Namen, die sehr ähnlich klingen „Salim", „Said", „Salih", „Safi". Das sorgt für zusätzliche Spannung, weil der Leser die Figuren leicht verwechselt und sich dadurch ganz neue Lesarten entwickeln. Und sollte sich doch mal jemand über Ihren Text ärgern, halten Sie es wie Papst Franziskus: „Das stört keinen großen Geist!" (Oder war das Karlsson vom Dach?)

Und zu guter Letzt: Vergessen Sie den Vampir nicht!!! Dieses erotische Wesen ist ein absolutes Muss!!!

Gibt es weitere Tipps?

Dunkles Verschlingen

(Mein schlechtester Text für Dich)

Die Karrierefrau wachte mitten in der Nacht von einem Geräusch auf. Der Vampir, der ihr Schlafzimmer betrat, trug Handschellen am Gürtel.

Er fragte: „Bist du die Karrierefrau, die von einem echten Kerl so richtig rangenommen werden will?"

Sie öffnete die Tür und sagte: „Erstens: Ja, die bin ich."

Das hünenhafte erotische Wesen von 1 Meter 40 Körpergröße (mindestens!) flackerte sie lüstern an.

Er sagte: „Und ich bin der Vampir mit der erotischen Ausstrahlung."

Er sah echt gut aus mit den kurzen Beinen und dem Fell. Als er sich über sie beugte, grinste er mit zahnlosem Mund. Es wäre ja auch unrealistisch, von einem mindestens 400 Jahre alten Wesen zu erwarten, dass er faltenfrei und mit ordentlichem Gebiss ausgestattet war, dachte die Karrierefrau. Sie ließ ihn unter ihre Decke schlüpfen, auch wenn er schlecht roch. Das lag wohl an den Friedhöfen, auf denen er sich immer rumtrieb. Aber bei einem echten Kerl durfte man nicht mäkelig sein. Das ist eben männlich.

Auch wenn sich die Karrierefrau mit Fesselspielen nicht auskannte, war sie doch überrascht, als er die Handschellen über das eine seiner spitzen großen Ohren hing und sie vor ihren Augen hin und her baumelten. Sie hatte sich das anders vorgestellt, wollte aber dem echten Kerl gegenüber nicht zu fordernd auftreten. Man weiß ja, wie es um die Manneskraft der echten Kerle bestellt ist, wenn frau anfängt, zu kritisieren. Als sie über seinen Rücken streichelte, fühlte sich das Fell sehr gut an und sie musste zärtlich an den Dackel ihrer Großeltern denken, den sie nie leiden mochte. Er hatte so viele Zecken und hieß Waldemar. Sie nannte ihn immer Waldi. Aber jetzt erregte es sie und sie spürte ein sanftes Kribbeln im Bauch, so als hätte sie ein Hornissennest verschluckt.

Ihr Großvater hatte damals die SPD gewählt. Die Partei, die für Hartz IV und die Kinderarmut in Deutschland verantwortlich ist. Das wird sie ihm nie verziehen haben werden.

Der Vampir mit der erotischen Ausstrahlung war etwas wortkarg gewesen und wälzte sich unbeholfen von einer Betthälfte in die andere.

„Wie heißt du?", will die Karrierefrau von dem fetten erotischen Wesen mit dem doppelten Sixpack am Bauch wissen. „Ich heiße Fipsi", brüllte er sinnlich in ihr Ohr.

„Du siehst aus wie Edward von Twilight", antwortete sie ohne Zweifel.

„Ich seh nicht nur so aus", fuhr das erotische Wesen fort, „ich bin es."

„Ohhhh", sagte die Karrierefrau mit blitzenden matten Augen.

„Ich muss dir jetzt den Hintern versohlen", fügte er hinzu.

„Warum?", wollte die Karrierefrau wissen.

„Das machen echte Kerle so."

„Ach so, na gut", sagte die Karrierefrau, „dann muss das wohl so sein. Brauchen ich die Handschellen dafür?"

Verwundert sah er sie aus seinen schwarzen leuchtenden Augen an. „Wozu soll das gut sein?"

„Ich habe das in einem Buch gelesen."

„Gut", sagte er und nahm sich die Handschellen vom Ohr. „Darf ich das Buch mal sehen?" Interessiert las er die nächsten vier Stunden kurz darin.

Sie fesselte sich in der Zwischenzeit selbst und drehte sich um. Seine niedlichen Flossenhände klatschten auf ihren Po.

„Ich kann auch noch fester", sagte das erotische Wesen.

Die Karrierefrau, die kaum etwas gemerkt hatte, sagte: „Du machst das sooooo toll! Mir wird schon gaaaaaanz heiß! Mach weiter, Fiiiiiipsiiiiii!"

„O.k.", sagte der ganze Kerl.

Die Karrierefrau musste zur Arbeit beim Supermarkt gleich nebenan. Sie räumte dort die Regale ein und war froh, dass sie unter so guten Arbeitsbedingungen und sogar zum Mindestlohn arbeiten durfte. Sie war ihr eigener Chef. Sie musste sich lediglich nach den genauen Anweisungen ihrer Vorgesetzten richten und nach dem, was ihre Kolleginnen ihr auftrugen. Abgesehen von der Kamera im Pausenraum war sie völlig unabhängig in ihrem Tun. Mit der Straßenbahn waren es nur drei Stationen. Weil sie nicht wusste, wie die Handschellen mit dem Klickverschluss aufgingen, ließ sie sie einfach an. Das fiel niemandem im Discounter auf.

Nebenan versuchte ein einfühlsamer Islamist zum Briefkasten zu gehen. Er hieß Said, und seine Brüder Salim, Safi und Saidi lebten mit ihm zusammen gleich gegenüber von der Karrierefrau und Fipsi, die heute Morgen geheiratet hatten, aber am Abend beide verwitwet sein werden würden. Das wussten sie aber noch nicht. Er hatte für diesen Tag große Pläne. Salim hatte ihm im Auftrag von Safi mitgeteilt, dass Saidi selbst die wichtige Aufgabe nicht ausführen konnte, auch wenn das eigentlich Salims Sache gewesen wäre. Aber Said war das egal. Für Saidi würde er alles tun. Für Salim nicht unbedingt, denn Safi und Saidi hatten Streit mit Salim gehabt. Es war eine Sache, die Said nichts anging, auch wenn er direkt betroffen war. Aber wie gesagt: Für Safi würde Said alles tun und für Salim auch, und das war schließlich die Hauptsache, die man über Said und seine Beziehung zu Salim, Saidi und Safi wissen musste. Der Plan war sowieso einfach und vollkommen ungefährlich, also war es egal, ob Said, Salim, Safi oder Saidi diese kleine Aufgabe erfüllte. Doch wie gesagt, heute fiel die Aufgabe aus den genannten gravierenden Gründen Said zu. Zuerst würde er den Brief einwerfen und danach seine Laserschwertsammlung polieren. Er freute sich darauf, mit Meister Propper, der diese Woche für 1,99 bei Rossmann im Angebot ist (bitte nutzen Sie auch gerne unseren Online-Shop!), die Laserstrahlen auf Hochglanz zu bringen.

In dem kleinen zierlichen Umschlag war eine Briefbombe versteckt. Sie bestand aus 10 kg Sprengstoff und einem Zeitzünder. Der einfühlsame Islamist wollte sie an Angela Merkel in Bonn schicken. Weil er die Privatadresse von Frau Merkel nicht wusste, schrieb er nur ihren Namen und die Anschrift des Reichstags in Bonn drauf. Das würde auch reichen, denn der Postbote wusste ja bestimmt, wo sie wohnte. Außerdem wollte er Frau Merkel nicht ernsthaft verletzen, wenn sie den Brief öffnete. Schließlich war er ein sanftmütiger, friedliebender Mensch. Den Zeitzünder hatte er so eingestellt, dass die Bombe genau in 24 Stunden, also am Montagnachmittag explodieren würde. Die Post war ja immer auf die Minute genau zuverlässig. Da konnte also gar nichts schief gehen. Auf dem Weg zum Briefkasten musste Said an der alten Hauswand vom Nachbarhaus gegenüber vorbei, an der noch ein altes Wahlplakat der SPD hing. Die Partei, die für Hartz IV und die Kinderarmut in Deutschland verantwortlich ist. Said ließ den Brief in den schmalen Schlitz seines Briefkastens an der Gartenpforte gleiten. „Astala vista Baby", brummte der feinfühlige Islamist sanft. Er atmete tief aus und freute sich wie ein altes Kalb, dass er sich nun seinen Laserschwertern und der Politur zuwenden konnte, natürlich mit Meister Propper, der diese Woche für 1,99 bei Rossmann im Angebot ist (bitte nutzen Sie auch gerne unseren Online-Shop!).

Über die Autorin

Meike K.-Fehrmann

Meike K.-Fehrmann wurde 1977 im Südharz / Niedersachsen geboren und lebt seit 2010 mit ihrer Familie in Traunstein. Sie ist Pädagogin und Ethnologin und setzt sich im Verein der Chiemgau-Autoren für Literaturförderung z. B. an Schulen ein. Wenn sie nicht gerade schreibt, verdient sie ihr Geld als Naturerlebnis-Pädagogin und ist mit Gruppen in der Natur unterwegs. Menschen wieder in Kontakt mit der Natur und damit auch mit sich selbst zu bringen, ist ihr ein großes Anliegen.

Mit „Frieda – Ein Demenz-Krimi" hat die Autorin im November 2014 ihren ersten Roman vorgelegt, der den Auftakt der Krimireihe um den von Heimweh geplagten oberbayerischen Hauptkommissar Georg Maindl bildet.

2015 folgte der Jugendroman „Warum Herr Hagebeck sterben muss", der von der Jugendtheatergruppe „Junges Ensemble Traunstein" unter der Leitung der Schauspielerin und Theaterpädagogin Svetlana Teterja-Pater zum Drehbuch umgearbeitet und bei den Chiemgauer Kulturtagen im Juli 2016 zum ersten

Mal auf die Bühne gebracht wurde. In dem Präventionsstück wird das Thema Alkoholsucht von Eltern behandelt.

Im März 2016 wurde ihr Buch „Kakerlaken-Schach" veröffentlicht. Der vermutlich erste Thriller auf dem Buchmarkt mit Bastelbogen im Anhang. Neben der skurril finsteren Geschichte können Leserinnen und Leser ein eigenes Kakerlaken-Schachspiel kreieren.

Der zweite Teil der Krimireihe über Georg Maindl, „Die Rache stirbt zuletzt", erschien im Dezember 2016 und stellt den Hauptkommissar vor die Herausforderung, einen brutalen Frauenmörder zu stellen.

Mit „Madame Lolitas lustvoll lyrisch lausiges Lesebuch" legt die Autorin nun ihr fünftes Buch vor, mit einer Sammlung unterschiedlichster Geschichten und Gedichte, die zum Teil in Schreibwerkstätten entstanden sind.

Im Rahmen von Literaturwettbewerben wurden Kurzgeschichten der Autorin vom Krauss-Verlag sowie von trendy travel nominiert und in Anthologien veröffentlicht. Ebenso finden sich eine Erzählung und ein Gedicht im Tiergeschichtenbuch „Fell, Feder, Herz" zugunsten des Tierschutzvereines Traunstein.

Besuchen Sie gerne den Blog der Autorin unter:
meike-k-fehrmann.com
sowie die Website des Vereins „Chiemgau-Autoren e.V." unter:
chiemgau-autoren.de.